徳 間 文 庫

ドリームマッチ

今野　敏

徳 間 書 店

1

富臣竜彦《とみおみたつひこ》は、ただただ圧倒されていた。

今、目のまえで行なわれていることに驚き、ほとんど茫然《ぼうぜん》としている。

同時に感動しているのも確かだった。

とにかく、人間の常識を超えている、と富臣竜彦は思っていた。

大きな男たちが力いっぱいにぶつかる。骨と骨がぶつかる音、肉がひしゃげる音がはっきりと聞こえる。

そのたびに、裸の男たちの体から汗が飛び散る。

自動車が正面衝突するかのような迫力があった。

富臣がいるのは、後楽園ホールだった。

彼は今、プロレスのリングを見上げていた。新興団体NMFの試合だ。

NMFは、三年前に、神代誠《じんだいまこと》という名のレスラーを中心に、歴史ある団体から独立したのだった。

NMFは、レスリングを最強の格闘技と位置づけながらも、あらゆる格闘技に価値を認めていた。

事実、今夜の試合にも、現役の空手家が出場していた。

空手の師範をやりながら、神代誠と意気投合しNMFに参加したのだった。

空手といっても、伝統的な琉球《りゅうきゅう》空手の流れをくんでいる流派ではない。

いわゆるフルコンタクトというルールを採用している流派だった。

直接、殴る蹴《け》るで勝負を決めるフルコンタクト系空手の選手は、体格がいいほど有利になる。

フルコンタクト・ルールで勝ち残る選手はたいていウエイトがあるタイプだ。

NMFに参加している空手家も、一八五センチ、九五キロという、プロレスラー並の体格をしているのだった。

リング上ではセミ・ファイナルの試合が行なわれていた。

神代誠とともに、三年前、メジャー団体をやめたレスラーふたりが戦っていた。

少人数の団体では、選手同士が何度も顔を合わせるために、互いに手の内を知りつくしてしまい、次第に煮詰まってきてしまう。

それで解散するはめになった新興団体もあった。

神代誠は、そうした轍《てつ》を踏まぬように、試合の相手を広く他の格闘技に求めていた。さらに、国内だけでなく海外のさまざまな格闘技を研究し、さかんに交流を持とうとしている。

プロレス界の若き外交官と異名を取るほどの活動だった。

その努力は着実に実を結んでいる。

もともと神代誠は人気レスラーだったが、新生ＮＭＦについたファンも多かった。

今夜の後楽園ホールも満員だった。さらに、近々、衛星放送のテレビ局が、中継に入る予定になっている。

リング上のふたりは、互いの得意技を知り抜いているため、うかつに技を出せない。

大技はすぐに裏目に出てしまう。大技はたいてい威力があるが、相手の意表をついたような場合でないと、まず決まらない。

片方のレスラーは、光沢のある赤のロングスパッツ。

もう片方は、伝統的な黒のショートタイツだ。

レスリングのルールに従っている限り、決め技は、固め技か抑え込みになる。決め技のことを、この世界ではいまだにフィニッシュ・ホールドと呼んでいるくらいだ。

だが、互いに相手の得意なフィニッシュ・ホールドを知っているのだから、簡単に決まるはずがない。

相手にダメージを与えておいて決めるしかなくなり、そうなると、どうしても打突系の技が多用される。

打突系でも、プロレスでは伝統的にパンチ攻撃は反則とされているため、キックが中心となる。

足は常に体重を支えているので、手の三倍から五倍の破壊力がある、などと一般に言われている。

実際は、体のバランスの問題やタイミングの問題などで脚部の力を充分に生かすことはたいへん難しい。

だが、キックは確かに派手に見えるし、迫力がある。

客にアピールすることを前提としているプロレスの打突技としてはたいへん意味があるのかもしれない。

実のところ、富臣は、体験上、蹴りよりもずっと有効な手法を知っていた。パンチが封じられているプロレスラーにはもってこいの技だ。

相撲《すもう》の張り手や突っ張り、そして喉輪《のどわ》だ。

昔、相撲取りからプロレスに転向するケースが多かった。そのため、かつてはリング上でこれらの技が見られたものだ。

かの力道山《りきどうざん》のカラテ・チョップも、実は空手の手刀とはまったく違い、相撲の張り手の応用なのだった。もちろん、すさまじい破壊力は本物だった。

張り手や突っ張りは、ある意味でパンチよりずっと強力な技なのだ。

リング上の試合は、開始直後の激しいぶつかり合いから、一転して膠着《こうちゃく》状態となっていた。

やはり、キックの応酬が見られたが、有効打はない。

しかし――と富臣竜彦は思った。

――なんというキックだろう。一撃一撃の破壊力は人間のレベルを超えているように見える。

富臣は心底、舌を巻いていた。

そのキックは重く、しかもスピードがあり、柔軟にしなった。

パンチや蹴りというのは、体重を乗せることやスピードももちろん大切だが、もっと大事なのはしなりなのだ。鞭《むち》のように、あるいは、濡《ぬ》れたタオルで叩《たた》きつけるようにしなやかに打つと衝撃がきわめて効果的に相手の体に伝わるのだ。

キックに関して最大のエキスパートはムエタイの選手だが、ムエタイのチャンピオンはほとんどすべてがしなやかな体の持ち主だ。

富臣は、巨漢のプロレスラーが、柔軟にしなる蹴りを出しているので驚いた。

普通の人間なら、あの蹴りの一撃で入院しているのではないか——富臣は思った。

互いにそのキックを喰《く》らいながら、平然としている。

あの肉体だけでも最強格闘技を誇る価値はある、と富臣は認めた。

もちろん、体作りという点では相撲も負けてはいないだろう。

ルールを限定すれば、あるいは相撲はどんな格闘技より強いかもしれない。

しかし、グランド、関節技《サブミッション》、投げ技、締め技、キックやパンチ、さらに椅子《いす》を使った反則攻撃と、何でもありのプロレスラーはやはり手強《てごわ》い。

もっとも、富臣は、どの格闘技が強いか、という議論はきわめて不毛だと考えていた。

問題は、どの格闘技が強いか、ではなく、誰が強いか、であり、さらには、どのように強いか、なのだ。

当然ながら、相撲の幕内と、プロレスの前座試合をつとめる若手では間違いなく幕内力士のほうが強いだろう。

その逆も言える。

柔道、空手、中国武術、ムエタイ、テコンドー……。どんな格闘技であっても、要は本人のレベルなのだ。

そして、ジャングルにナイフ一本で放り出されたとき、プロレスのチャンピオンや相撲の横綱は、ベテランのゲリラに勝てるかどうか――それは大変に疑問なのだ。

とはいえ、リング上の迫力はやはりすさまじい。

まさに戦うために作り上げた肉体のぶつかり合いだ。

相手をさっとかかえ上げると、自分の体重を浴びせつつリングに叩きつける。

リングが壊れてしまいそうなほどにきしんだ。すさまじい音が会場いっぱいに轟《とどろ》く。

それでも投げられたレスラーは、起き上がっていく。

やがて、赤のロングスパッツの選手はさっと距離を詰めたと思うと、膝《ひざ》を曲げ、体をコンパクトに構えた。

両手を開いている。右手がまえになっていた。

その右手を、素早く相手の顔面に突き出した。

突いたというよりも、手首を柔らかくして叩いたという感じだ。

派手な音はしなかった。

だが、ファンたちは、そのてのひらによる攻撃の意味を知っているようだった。会場中から喚声が上がった。

黒いショートタイツの選手は、ローキックで反撃しようとした。

今度は、赤いロングスパッツの選手が、さっとリングに片手をつき、前方転回するような形で相手の肩口に踵《かかと》を振り降ろした。

また会場から喚声が上がる。

その選手は、すかさず立ち上がり、てのひらによる連続攻撃を始めた。

何発かが顔面にヒットする。

黒いショートタイツの選手の足が、酔ったようにもつれた。

そのまま彼は膝をついた。

レフェリーが割って入り、ダウンを宣言した。カウントに入る。

カウント・ファイブで立ち上がったが、立ち上がりざま、また、てのひらによる攻撃を受けた。

今度はロープにもたれるように両膝をつく。立ち上がろうともがくが、まるで泥酔したような様子だった。

再びレフェリーはダウンを宣言した。レフェリーはカウントを取らずに、黒タイツの選手の顔面をのぞき込む。

頭上でさっと両手を交差させ、赤いロングスパッツの選手のコーナーを差し示した。ゴングが鳴る。

TKOだった。

富臣は、唖然《あぜん》としていた。

赤いロングスパッツの選手が最後の決め技として使ったのは間違いなく骨法という格闘

技の掌打だった。

さらに前方転回するように手をついて踵を落としたのは、やはり、骨法の浴びせ蹴りだ。

富臣は、これまであまりプロレスというものに興味がなかった。

そのために、プロレスが骨法まで取り入れているとは知らなかったのだった。

ファンたちは、もちろんそのことを知っていたのだ。

喧嘩芸《けんかげい》骨法は、プロレスによって一般に知られたと言ってもいい。

富臣はその事実も知らなかった。

とにかく、富臣はプロレスという世界の思考の柔軟さにも驚いていた。

リング上が掃除され、リングアナウンサーが上がる。

メイン・イベントだった。照明が落ち、会場にテーマ・ソングが流れる。

富臣は思い出していた。今では、誰でもテーマ・ソングに乗って登場するようになったが、この習慣のはしりとなったのは、ミル・マスカラスではなかったろうか……。

とにかく、千の顔を持つレスラー、ミル・マスカラスが『スカイ・ハイ』に乗って登場したときの、あの勇ましさと美しさはまだ胸の奥ではっきりと息づいていた。

男なら誰でも一度はプロレスが好きになるのではないか――ふと富臣はそう思った。

まず、オランダのプロ空手選手が登場する。やはり一九〇センチ以上ある巨漢だ。ウエイトも一〇〇キロ前後ありそうだ。

この体格なら、何も空手などやらなくても強いはずだ、と富臣は考えていた。

だが、人間は誰しも、肩書きやキャッチフレーズがあったほうが便利だ。プロの格闘家にもそれが必要なのだ。

オランダ人空手家は、空手衣に黒帯を締めている。

レスラー相手に着衣のままというのはたいへん不利なはずだった。

しかし、彼は空手衣を脱ごうとしない。

プロフェッショナル空手家としてのプライドのせいだった。

空手で戦おうとする人間が、その正式なユニフォームのために不利になるといわれても、脱ぐわけにはいかないのだ。

着衣は格闘のとき、さまざまなデメリットがある。

まず、つかまれやすいという点。つまり、相手にとってみれば手がかりが多く、投げやすいし、締め技にも利用できる。

そして、パンチが滑らない、という点。

ムエタイで、空手のような前蹴りが発達しなかったのは、裸でしかも体に油を塗る習慣が古くからあったせいだ。

油を塗り、汗をかいた体は滑る。

実際にやってみるとわかるが、まっすぐの蹴りは相手の体の曲面に沿って滑り、なかなかその威力を生かせないのだ。

パンチも、もしグローブをつけていなかったら、かなり滑るはずだ。

そのため、ムエタイでは脇《わき》から叩きつけるような回し蹴りが発達した。そして、近代空手はムエタイから回し蹴りを学んだ。

着衣だと、衣類の摩擦でパンチもキックも滑らず、衝撃をまともに受けてしまうのだ。

プロの格闘技家だから、そのくらいのことはわかっているはずだ。それでもプライドのために空手衣を着たまま戦おうとしているのだ。

反面、メリットもあることはある。擦り傷、切り傷といった擦過傷はかなり防げる。

相手をつかまえたときは、締め技で、自分の袖《そで》などを利用できるのも確かだ。

だが、やはり、デメリットのほうが大きいはずだった。このことが試合にどう影響するか、富臣は興味深く見守っていた。

反対側の通路から、ＮＭＦのボスであり、最大のスター、神代誠が現れた。オリジナルのポップなテーマ・ミュージックに乗って足早にリングに向かう。若手が中段と上段のロープを体を使って開くと、その間をさっとくぐり抜けた。

黒のショートタイツに同じく黒いキックブーツを着けている。キックブーツというのはすねや足の甲にウレタンを装着したブーツだ。

相手に対する危険防止と同時に、自分の脚をガードする目的もあって着けるのだった。神代誠のコスチュームは地味だった。にもかかわらず、彼は輝いているように見えた。彼には、派手なデモンストレーションなど必要ない。そのしぐさや表情、たたずまいなどすべてがスター性を感じさせるのだ。

一九〇センチ、一〇〇キロと、プロレスラーとしては平均的な体格といえる。だが、プロポーションがよく、たいへん美しく筋肉が発達していた。髪は、短くなく長くなく、試合まえも、試合の最中汗でずぶ濡れになったときにでも美しさを保てるように工夫されてカットされている。

顔はどちらかといえば童顔だ。端整な顔をしているので優しげな印象も受けるが、その眼だけは猛々《たけだけ》しかった。

リングアナウンサーがふたりを紹介した。すでに会場は喚声に包まれている。

ふたりの対戦者はうっすらと汗を浮かべており、それが天井から照らすライトに光っている。

両者とも充分なアップを終えているのだった。

試合まえのセレモニーが終わる。

ゴングが鳴った。

オランダの空手家は両手を開いて構えている。左前の半身で蹴り中心の戦いをしようと考えているのがわかる。

ＮＭＦはプロレスのルールをベースとしているが、このメイン・イベントだけは特別なルールを採用していた。

顔面以外ならナックルでの攻撃も反則にならないのだ。

そうでなければ、空手家はあまりに不利だ。空手家はナックルのエキスパートなのだ。拳を封じられた空手家は、剣を取り上げられた剣道家のようなものだ。

いきなり空手家が、ミドルの回し蹴りを見舞った。

重たい蹴りだ。そしてたいへんに早い。早いというのは物理的なスピードだけでなくタイミングを含めてのことだ。

ほとんど予備動作なしに、蹴る、と思ったらすでにもう攻撃を終え、足を引いて構えている。一流空手家の蹴りだ。

右を連続して二本出し、左につなぐ。蹴りの三連打からパンチへつないだ。

空手のパンチがおそろしいのは、ボクサーの場合とちょっと事情が違う。空手家は拳で板や瓦《かわら》、レンガといったものを日常的に破壊しているので、拳をものに当てる感覚にすぐれているのだ。空手家はどんな距離、どんな角度からでも対象物に拳をぶち当てることができる。

神代誠は、じりじりとコーナーに追い込まれていった。

コーナーで、オランダ人空手家の掌底が神代誠の顔面をとらえた。神代は膝をつく。ダウンだった。カウントが取られる。だが、ダメージはほとんどない。インターバルを取るためのダウンだった。

神代誠の試合運びのうまさには定評がある。

オランダ人空手家は猛然と攻めていく。彼は必死なのだ。キックとパンチを矢継ぎ早に繰り出すしか手はない。

懐に入られたら空手家に勝ち目はなくなる。もちろん伝統的な空手には、投げ技もあれば関節技もある。締め技まであるのだ。それが型で伝えられている。

しかし、フルコンタクト系の空手家は、そうした型のなかに隠された技を、あまり省みようとはしない。

神代誠は何とかしのいでいる。たまに脇腹や、大腿《だいたい》部外側に回し蹴りをくらうが、鍛え上げた体がダメージをはね返している。

ついに神代はミドル・キックに来たオランダ人空手家の右足をとらえた。立ったままアキレス腱《けん》を決める。

オランダ人空手家はバランスを崩した。神代は、アキレス腱を左の脇に固めたまま、右手を伸ばした。右手が相手の首にとどいた。

オランダ人の上体を引きつける。左手をアキレス腱からはなし、両手で空手家の胴体にしがみついた。

その瞬間に、オランダ人空手家の体は宙に弧を描いた。

神代は見事なブリッジを決めている。フロント・スープレックスだった。

オランダ人空手家は、頭と肩口からリングに叩きつけられた。その一発で終わりだった。

神代はするすると体を入れ替え、フォールした。

オランダ人空手家はそれをはね返す気力がなくなっていた。意識が朦朧《もうろう》としているようだった。

富臣竜彦は、フロント・スープレックスのスピードとスケールの大きさにまたしても驚かされていた。

リングの上で勝利のポーズを取る神代誠は本当に闘神のように輝いていた。

試合時間は、たったの二分十二秒だった。

2

「富臣さん。いかがでした？」

ＮＭＦの広報担当が言った。彼は宇都木《うつき》という名だった。

富臣は正直に言った。

「驚きました。すごいもんです」

「ほう……。富臣さんほどのかたでもそう思いますか」

宇都木の口調は意味ありげだった。悪意に取れば皮肉にすら聞こえる。

富臣はそういったことに敏感だが、いつも気づかぬふりをしている。

それが、彼なりの処世術なのだった。相手の言葉尻《じり》をとらえて攻撃し、屈服させるというタイプではないのだ。

彼は誰といるときでも、距離を保とうとする。その眼は、相手を見ているときでも、はるか遠くを眺めているような印象がある。

富臣は当たり触わりのない返答の言葉を探した。

「いや……誰だってこの試合を見ればそう思いますよ。神代さんはすごい」

「NAC《ナック》の二宮さんからうかがいましたよ。富臣さん、けっこうお強いんだそうですね」

富臣は苦笑して見せた。何も言うべきではないと思った。

宇都木はリングに立ちこそしないが、格闘技の世界で生きている。

そういう人間が、武道などをやっている人間に出会うと、複雑な反応を示す。まず、親近感を覚え、次に自分が優位に立ちたいと考える。

格闘技や武道をやっている人間同士が出会うと、まず例外なく、この相反する気持ちを同時に抱くのだ。

宇都木の意味ありげな口調はそのせいだった。

NACというのは、あるスポーツ用品メーカーが、大手流通グループと共同で全国に展開しているアスレチック施設だ。

もともと、日本アスレチック・クラブと名づけようとしていたが、商標などの関係で、略称が正式名称となった。

二宮はNACの事業部の人間で、富臣の仕事の窓口になっている。平たく言えば雇い主だ。

富臣竜彦は、契約のインストラクターだ。それも、野外専門のサバイバル・インストラクターだった。

日本ではこれまであまり例がなかったが、アメリカでは、軍隊経験者などがそういった職業に就く。

一口にサバイバル・インストラクターといっても、ボーイスカウトの教官のようなものから、傭兵《ようへい》を育てるものまでさまざまだ。

富臣竜彦がサバイバル・インストラクターになったのには、彼の変わった経歴がおおいに影響していた。

彼は高校を卒業するとすぐに陸上自衛隊に入隊した。大学に進学するだけの学力は充分にあった。それも、国立大学のいずれか、または有名私立大を狙《ねら》えるだけの成績だった。

しかし、彼はすぐには進学しなかった。

陸上自衛隊で十年過ごし、大学に入ったのはそのあとだった。

スポーツ生理学を学び、大学を卒業したときには三十二歳になっていた。卒業を前に、NACのサバイバル・インストラクターの構想を知った。

大学生のころから、二宮のもとで講習を受け、卒業と同時にNACと契約したのだった。

富臣は筋金入りの陸上自衛隊員で、志願者の四分の一しか通過できないといわれるレインジャーの資格を持っていた。

しかも大学でスポーツ生理学を学んでいる。サバイバル・インストラクターとしてこれ以上の人材はいない。

さらに、彼にはもうひとつ特技があった。実はこの特技のせいで、自衛隊時代に得をしたこともあった。

格闘技訓練で、教官も含めて人に負けたことがなかったのだ。

彼は島根県の出身だが、幼いころから地元に伝わる武術を習っていたのだった。

彼の幼いころ、その武術には特定の名称はなく、単に「武術」とか「宿禰《すくね》の角《かく》」などと呼ばれていた。

後に向井淳三郎という人物が、三十九代目宗家となり、『野見《のみ》流合気拳術』を名乗っている。

この『野見流合気拳術』に加え、陸上自衛隊式の格闘術を学んでいる富臣は、一流のサバイバリストであると同時に、一流の武道家でもあるはずだった。

宇都木が言ったのはそういう意味だった。

富臣が何も言わないので、宇都木が言った。

「富臣さんは、小さいときから何か格闘技をやっているんでしょう？」

「格闘技ではありません。武道です」

「同じじゃないですか」

富臣なりに定義があり、本来ならば譲れない点なのだが、そこで議論を始める気はなかった。

彼は曖昧《あいまい》にうなずいた。

髪は大学を卒業するまでは短く刈っていたが、その後伸ばし始め、今ではある程度のボリュームがある。

山のなかで何日も過ごすことが多いので、整髪料をつける習慣がない。いつも洗いざらしで、それが若々しい感じを与えている。

口のまわりと顎《あご》は髯《ひげ》におおわれ、その髯はもみあげまで続いている。その髯は慎重にカミソリで形を整えられているため、不潔な感じを与えなかった。

眼はあまり動かない。彼は伏目がちにしていることが多い。しかし、その眼は驚くほど豊かな感情を宿しており、深い理性の光をたたえている。

彼は、きわめて実証主義的な反面、理想論者でもあった。

富臣が自衛隊に入ったのは純粋に理想論のせいだった。もっと端的に言えば、ロマンチシズムのせいだ。

彼は軍人というものに理想の生きかたを見た。

高校時代に、すでに自分は自衛官になるべきだと考えるようになっていた。

単なる軍事マニアとは違う。富臣は兵器や銃にマニアックな関心を抱くことはなかった。

ただ、軍人の属性として銃や兵器を好んではいた。

彼は軍人の誇りといったものが好きだったのだ。それを彼は、ジャック・ヒギンズなどの小説作品から学んだのだった。

主義主張の問題ではなかった。思想の問題でもない。

職業として軍人を選ぼうと考えていたのだ。

自衛隊に入り、十年間勤めた。

理想と現実が違うのは当然のことだ。それだけのことで戸惑ったり悩んだりはしなかった。

富臣は、実際、たいへん苦しい陸上自衛隊の訓練も他人ほどつらく思ってはいないようだった。

理想を抱く人間は、現実の苦しみを何とか昇華させることができる。

富臣はそういった人間のひとりだった。

しかし、日本の社会の自衛官に対する扱いにはがまんならなかった。

先進国と呼ばれる国のなかで、軍事行動に対する理解が最もとぼしいのが日本だった。

その反応は、軍事アレルギーと言っていいと彼は考えていた。

戦争のことや、過去のあやまちの話は別の次元なのだった。

その点については冷静に考え議論しなければならない。それは富臣も充分に承知している。

　彼は、職業として自衛官はもっと理解されるべきだと考えていたのだ。

　結局、彼は今の自衛隊では将来やるべきことを見つけることができず、十年も過ごした後に除隊したのだった。

「何でも、島根県に伝わっている伝統的な古武道だそうですね」

　宇都木が尋ねた。

　富臣はうなずいた。

「伝承者もあまりいなくなっていたのですが、現在の宗家が体系をまとめましてね……。徐々にですが、門弟を増やしているようです」

「どういう格闘技なんです？」

「古代の相撲だという話ですが……」

「はあ……。相撲……？　じゃ、組み合って投げるのですね」

「いえ……。かつて相撲には突き技や蹴り技もあったのだと言われていまして……。もともとツングース系の摔角《そっかく》とか角抵という拳法が原型となっているのですが……」

「へえ……。ツングース系の拳法……」

「日本の歴史書には、その格闘術のことが記されているのです」

「本当ですか」

「そう。古事記や日本書紀にちゃんと出ているのですよ」

「どういうふうに……？」

「出雲《いずも》の国譲りをご存じですか？」

「大国主《オオクニヌシ》の？」

「ええ。天照大神《アマテラスオオミカミ》は、領土権の折衝に建御雷之男神《タケミカヅチノヲノミコト》を派遣しました。そこで、大国主《オオクニヌシノ》神《ミコト》の息子である建御名方神《タケミナカタノミコト》と戦うことになるのですが、そのときの戦いかたが、古代ツングース系の捽角――つまり相撲の原型だと伝えられています」

「へえ……」

「さらに、日本書紀には、垂仁《すいにん》天皇の時代に大和《やまと》の地の当麻蹶速《たいまのけはや》という男と、出雲出身の野見宿禰《のみのすくね》が勅命によって決闘したというエピソードが書かれています。

　この決闘で、野見宿禰は当麻蹶速を蹴り技で敗っているのです。当麻蹶速というのは、格闘技が得意な乱暴者で、それは『能《よ》く角《つの》を毀《か》き』という言葉で表現されています。この角というのは、牛の角などではなく、捽角や角抵といった古代の相撲のことです。『能く角を毀き』というのは、相撲の得意な人々を次々と打ち負かし、といった意味でしょう」

「面白いな……。ええと、野見宿禰って、さっき言った富臣さんがやってる武術と関係あるの？」

「そう。野見宿禰というのは以後大和に移り住んで土師《はじ》氏の祖となるのですが、僕が学んだ武術は、その野見宿禰の一族から伝えられたものと言われています」

「ハジシ？」

「埴輪《はにわ》や土器を焼いた人々です」

「ほう……」

宇都木は今聞いたことをすべて理解できたわけではなかった。

話の内容もさることながら、いつもは必要最低限のことしかしゃべろうとしない富臣が雄弁に話し始めたので、そのことにも驚いていた。

ふと彼は会場に客がいなくなっているのに気づいた。

スタッフがリングの解体作業を始めようとしている。

宇都木は立ち上がって言った。

「食事の用意がしてあります。行きましょう」

富臣はうなずいた。

宇都木が案内したのは、銀座のチャンコ料理屋だった。

ここで神代誠と会うことになっているのだ。神代はまだ来ていない。

宇都木が気を使ってビールを飲もうと言ったが、富臣は神代が来るまで待つ、と言い張った。

彼はそれが礼儀というものだと思っている。富臣はそういう男だった。

富臣がプロレスの試合を観戦したり、こうして、神代と食事をするのも仕事のうちだった。

現在の試合のシリーズが終わったら、若手の育成に主眼を置き、合宿をやりたい、と神代は考えていた。

それもただの合宿ではなく、体力と同時に精神力を徹底的に鍛えるための山ごもりをしたいと言い出したのだ。

当初、それは、単なる思いつきで、神代本人も実現できるとは考えていなかった。ある

プロレス専門雑誌のインタビューの最中に、ひらめいたアイディアに過ぎない。彼はその

場で、思いついたままにしゃべった。

ＮＡＣの二宮がその記事を読み、富臣のことをすぐさま思い描いた。

サバイバルの専門家であり、格闘技にも通じている男――。

二宮は、さっそくＮＭＦに打診した。

神代誠は乗り気になった。

山ごもりといっても、たいていはちゃんと合宿ができる宿舎があるような場所で行なわれるのが普通だ。

だがそれでは意味がない、と神代誠は考えていたし、二宮もその点をよく理解していた。

山林に分け入り、体力と精神の限界を経験することが大切だと神代は言い、二宮は、そうしたサバイバルのためのインストラクターを用意できると言ったのだった。

二十分ほど待つと神代と付き人の若手レスラーがやって来た。

神代誠は丁寧に挨拶《あいさつ》をした。

顔にあざができていた。試合でできたのだろうと富臣は思った。

顔にパンチが入ったシーンなど思い出せない。

だが、格闘技というのはそういったものだということを富臣は知っている。

まったく気づかない傷やあざが、あちらこちらにできていたりする。それくらいに、夢中でさまざまな動きをしているのだ。

大きな鍋《なべ》が運ばれてきた。

神代と富臣はビールで乾盃《かんぱい》をした。料理をつつき始める。ボリュームのあるチャンコ鍋だ。

醬油《しょうゆ》仕立てで、スープには鳥のダシのこくがあった。

付き人の若手は実によく食べた。もちろん神代も大食漢だ。

食べることも、彼らにとっては、仕事なのだ。

「あんな激しい試合のあと、よく食べられますね」

富臣は、気持ちのいい食べっぷりを眺め、感心して言った。

「昔は、一年のうち、二百日は試合のスケジュールが組まれていたものです。今の団体はそのころよりずっと過激なファイトをやってますから、そんなスケジュールはとても組めませんがね……。それでも、スケジュールが混んでくると三日くらい連日試合、ということもある。食えない、なんて言ってられないんですよ」

神代は笑顔を見せない。決して愛想笑いをしないのだ。

だが、それが真摯《しんし》さを表していた。そして、彼はそれが格闘家の態度だと信じているのだった。

富臣は、神代に好感を持った。どうやら、神代も、富臣に何かを感じ取ったようだった。

神代は具体的な打ち合わせを始めた。

「合宿に参加するのは若手が二人。自分と、オットー、中条、鬼塚の計六人です」

オットーというのが、オランダ人空手家だった。

中条と鬼塚は、神代とともにメジャー団体から独立した仲間だ。リングで黒いショートタイツをはいていたのが鬼塚で、赤いロングスパッツのほうが中条だった。

神代は続けた。「一週間はこもりたいと考えています。山のなかでトレーニングをすることになりますが、そのメニューについてはこちらにまかせてください。食事は基本的にはたくさん食わなきゃならんのですが、山のなかで生活するという点を考え、極力食わないで動き続けるのも面白いと思いますね。一種の極限状況を体験するというか……」

富臣は神代の言う希望をすべてメモしていく。

メモを取りながら、彼は、知っている山林で、条件に合う場所を思い浮かべた。

富臣は神代の書いた字を見つめながら言った。

「人数の六人というのはちょうどいい……。私を入れて七人ということになります。期間の一週間というのは、どこかにベースを作ればまったく問題はありません。ただ、一週間、ぶっ続けで前進し続けるとなると、かなりきつくなります。ルートがあり、それをたどるだけでも一週間という計画はきつい。山林に分け入ってサバイバルをするとなると、三日で限界が来るでしょう」

「自分らはタフですよ」

「そう。わかっています。それを計算に入れて三日です。普通の人間なら四十八時間ももちませんよ」

「そうですか……」

神代は考え込んだ。「ならば三日ずつ、二回やりましょう」

富臣はうなずいた。

「一回目を終えたときに、まだ気力があれば、ですがね」

「自分らは限界を超えることを必要としているんです」

「だが、私はあなたたちを死なせるわけにはいきません。あなたは死ぬのなら、山のなかなどではなくリングの上で、とお考えだと思っていましたが、どうです？」

神代はじっと富臣を見つめていたが、やがて言った。

「なるほど、頼りになりそうだ」

彼は初めてかすかに笑った。「おまかせすることにしよう。あんたは、プロだ」

宇都木が言った。

「さすがは古武術の使い手だ、度胸がすわってますよね」

「ほう」

神代が言った。「そうなんですか？　興味あるな……。いったい、何をやってるんですか？」

富臣は、自分の経歴を話しておかなければならないと思い、少し気が重くなった。

彼は自分のことを話すのが苦手だった。まず、訊《き》かれたことからこたえることにした。

3

「現在は、『野見流合気拳術』を名乗っていますが、もとは私が育った田舎に伝わる土着の武術でした」

「合気拳術？」

神代は尋ねた。「どういうんですか、それ……。合気柔術というのは知ってますが……」

「大東流ですね。行きつくところは同じかもしれませんが、やはり柔術と拳術の違いはあります。私たちは、突きや打ち、そして蹴りを重視します」

「空手のようなものですか？」

「突きや蹴りを多用するという点では似ていますね。でも、空手というとき、近代的なポイントの取り合いや、フルコンタクトのようなものを想像されているのならまったく違いますね」

「では、中国武術のような……」

「そう。中国武術、特に北派の拳法のなかに共通の技法を見つけることはできます。北派の中国武術では、勁《けい》を使って打つと言われます。いわゆる発勁という技法です。発勁というのは筋力だけでなく、体のうねりを利用する打ちかたなのです」

「体のうねり？」

「そう。ヌンチャクは、同じ長さの棒より破壊力があります。それは、真ん中に紐《ひも》による可動部分があるからです。簡単にいえば、発勁というのは、体の関節のすべてを、ヌンチャヤクの紐のように利用する技法なのです」

「それプラス呼吸法」

「そのとおりです。私たち『野見流』も最上の打撃は体のうねりと呼吸法を利用して行なうものと考えています。あとは、機ですね」

「機？」

「機をとらえれば、小さな力で強い敵を倒すことができます。『野見流』の奥伝は、ただ機を逃がさず、てのひらによる打ちを出すことだといわれています」

「てのひらか……」

神代が考えながら言う。「まるで骨法みたいだな……」

「理を追究していけば、同じようなところへ行き着くものです」

「だが、フルコンタクトの空手家で掌打を使うものはいない」

「理はひとつではありませんからね」

「なるほど……」

宇都木が言った。

「富臣さんがやっている武術は古事記や日本書紀にも載ってるんだそうですよ」

まるで、富臣という名前も電話帳に載っているんですよ、とでもいったような軽い調子だった。

富臣は何も言わなかった。

神代が言った。

「それ、本当ですか？」

富臣は知らなかったが、神代は歴史好きで有名だった。特に、戦国大名のエピソードなどがお気に入りなのだ。

富臣はこたえた。

「いえ、正確に言うと、『野見流』が記されているわけではありません。『野見流』の原型と考えられるような武術が古事記や日本書紀に残されている、という意味です」

「当麻蹶速と野見宿禰ですか？」

「そう……」

富臣は驚いたが、それを素直に表情には出さなかった。

神代が言った。

「レスラーなど、脳まで筋肉でできてると考えてるんじゃないですか？　だが、自分らはちゃんとものを考えることもできるし、本も読む。歴史は好きなんですよ。『野見流』という名を聞き、日本書紀ときて、ぴんときましたよ」

富臣はうなずいて、さきほど宇都木に聞かせたふたつの物語を、話した。

「ほう、国譲り……」

神代がつぶやく。「こいつは古い話だ」

「私の故郷の人々は、ある意味で、その古い時代と変わらぬ生きかたをしているのかもしれません」

「というと、あなた、出雲の出ですか?」

「そうです」

「自分が、当麻蹶速と野見宿禰の話を知っていたのは、実を言うと、日本拳法をやっている知り合いがいたからです。日本拳法でもその原型を、蹶速と野見宿禰の決闘に求めている」

「知っています」

「どっちが本当なんだろう? 日本拳法と『野見流』と」

「他流派のことは知りません。でも、『野見流』について言えば、嘘《うそ》です」

「嘘……？」

神代はさすがに驚いた顔をした。

宇都木が言う。

「何だい、まじめに聞いていたのに……」

「少なくとも、野見宿禰と直接関係あるというのは嘘でしょう」

「なるほど……。よくある始祖伝説のひとつというわけか……。少林拳の達磨《だるま》大師と同じですね」

「そうです。特に歴史好きの中国では、武術の開祖として歴史上の偉人や伝説上の英雄を祭り上げることはごく一般的に行なわれることです。秘宗長拳、あるいは迷蹤《めいそう》芸と呼ばれる門派では、開祖を水滸伝《すいこでん》の登場人物である燕青《えんせい》だとしています。そういう例まであるのです」

「しかし、また、いさぎよく嘘だ、と認めたものだな……」

「現在の『野見流』は間違いなく当代の宗家が体系化したものですからね。ただ、古くから故郷に伝わる武術をもとにしているのは確かだし、威力もあれば奥も深い。それだけで充分です。さらに言うと、始祖伝説そのものよりも、どうしてそうした始祖伝説を作り出したのかという点のほうが大切なのだ、と思うのです」

「歴史的な問題？」

「そう。そして民族史的な問題です」

「民族史……」

「歴史がお好きなら、大和に居を構えた高天原《たかまのはら》系海人族と、出雲民族は人種や習慣も違っていたということはご存じですね」

「まあ、それらしいことは……」

「例えば、スサノオのヤマタノオロチ退治は牛をトーテムとする民族と竜をトーテムとする民族の、民族闘争を象徴化したものだという説があります」

「考えられるね」

「国譲りも同様です。あれは高天原系民族と出雲民族の間の侵略戦争の物語だったはずです」

「野見宿禰と当麻蹶速は？」

「大和朝廷と出雲の関係を象徴しているのかもしれません」

「どういうことだい？」

「ふたりを戦わせたのは、垂仁天皇です。つまり、大和国内の反勢力制圧に、出雲の国の人間を徴用したわけです。大和朝廷は出雲に対してそれだけの支配力を持っていたということでしょう」

「当然だろうな」

「ところが、大和と出雲の関係は通りいっぺんな支配関係ではなかったことがわかります」

「なぜだ？」

「勝ったのは野見宿禰だからです」

「だが、野見宿禰を徴用したのは大和朝廷だろう」

「そう。ですが、日本書紀は大和朝廷の公文書なんです」

「ん……？」

「大和朝廷は、自らの公文書に、出雲民族の力を借りて反対勢力である蹶速を鎮圧したという事実をあえて書き記したのです」

「どういうことなんだろう」

「出雲の国の勢力を認め、自分たちと出雲は敵対しているのではなく、協調関係にあるのだ、ということを強調したかったのかもしれませんね」

「出雲というのはそれほどの勢力があったのかな。大和朝廷支配下の属国に過ぎないように思っていたが……」

「出雲は、一時期は島根、鳥取はもちろん、兵庫の一部までを勢力下に置いていたのです。そして、古事記や日本書紀では天皇にしか用いられない『天下《あめのした》造らしし大神《おおかみ》』という最高の尊称を、『出雲風土記』では大国主に対して用いられているのです」

「出雲の人々が尊敬していたからだろう」

「風土記というのは、元明《げんめい》天皇が命じて作らせたのです。風土記も大和朝廷の公文書なのです。常識で考えても許されることではありません。事実、常陸《ひたち》、豊後《ぶんご》、肥前《ひぜん》、播磨《はりま》といった現在残っている他の風土記では、そのような例がないのです」

「出雲だけが例外だ、と……?」

「そう。支配下にありながら、大和朝廷にとってあなどりがたい勢力を持っていたと考えていいでしょうね」

「しかし、たまげたな……」

宇都木が言った。「ずいぶんと歴史に詳しいんですね」

「幼いころから、宿禰の角にまつわる話を聞かされていましたからね。自然と興味を持っていろいろと本を読んだんです」

富臣が言った。

その口調は終始淡々としているので、かえって現実的な重味を感じさせた。

神代がうなずいた。

「だいたい、日本人は、自分たちの歴史を知らな過ぎるんだ。どこの国へ行っても、自分たちの国の始祖伝説や英雄伝説は知っている。歴史上の偉人についても詳しい。日本の若者で、古事記の神話を知っている者がどれくらいいるか……」

「そいつはね、日本が軍部に牛耳《ぎゅうじ》られていたっていう不幸な現代史を持っているからだ」

宇都木が言い、富臣のほうを見た。「彼はね、けっこう民族主義的なところがあるんですよ」

神代が言う。

「主義などではない。自分の民族を大切に思うのはあたりまえのことじゃないか。なのに日本人は、そのあたりまえのことをやろうとすると右寄りだと決めつける。海外へ行っていろいろな国の人間と接し、また、リングの上で他国の人間と実際に戦ってみると、どうしたって日本という国や民族をよりどころにしたくなるじゃないか」

「第二次世界大戦があまりに不幸だったんだよ。日本にとっても、日本の近隣諸国にとってもな……。日の丸はその不幸の象徴でしかない。だから素直には日の丸を愛することができない。軍部にひどい目にあった記憶があるため、人々はそれ以来、自衛隊にも好意を抱けない」

そこまで言って、宇都木は、富臣のほうを見た。

「おっと……。富臣さんはもと自衛隊員でしたね……」

「本当ですか？」

神代が富臣に尋ねる。

「そうです。十年、いました」

「防衛大ですか？」

「いえ高校を卒業してすぐ入隊しました。陸士からの叩き上げです」

「ほう……。自衛官のシステムというのはよくわからんのだが、除隊するときの階級は？」

「二尉です。昔でいえば、中尉ですね」

「ほう……。それはちょっとした位なのでしょうね」

「防衛大から入隊すれば、それほど長くかからずになれます。一般大学を卒業して入隊した場合も、一般幹部候補生課程で、二十二週から二十五週間、しごかれればまず三尉になれます。旧陸軍でいう少尉ですね」

「だが、叩き上げは違う……」

「そう。高卒で入ると、新隊員課程、陸曹候補課程、陸曹上級課程を経《へ》て三尉に至るわけですが、三尉になる段階で道がふたつに分かれるのです。つまり、三尉止まりの三尉候補者課程とそれ以上へ進む一般幹部候補生課程に分かれるわけです」

「よくわからんが、とにかく、苦労したというわけだ」

「苦労はしていませんよ。好きで選んだのですから」

「自衛隊が好きだった?」

「そうです」

　神代はまた、かすかに笑った。

「やはりおもしろい人だ。日本の常識を超えている」

「いえ……。私はいたって常識的な人間ですよ。自衛隊員の多くがそうです」

「そうだろうな」

神代は宇都木に言った。「おい、俺《おれ》はこの人の言うことにすべて従う。細かい段取りは、おまえさんがやってくれ」

「わかってる。結局、そういうことになるんだ」

その夜、神代は機嫌よく帰っていった。

富臣は目黒区八雲の部屋に戻り、ビールを飲み直した。

仕事の打ち合わせで食事をすると、食べるのも飲むのも中途半端になってしまう。

缶ビールを飲み下すと、醒《さ》めかけていた酔いがまた全身にいき渡り、気分がよくなった。

ビールを飲んでいれば、空腹もある程度は癒やされる。

富臣は、よくしゃべったことで少しばかり気分が高揚していた。『野見流合気拳術』や出雲の歴史について尋ねられると、どうしてもしゃべりすぎてしまう嫌いがあった。

だが、気分はよかった。神代とうまく話が嚙《か》み合ったせいだった。

富臣は、念入りに神代の希望を検討し、候補の山をいくつか考え、実際に、下見に出かけることにした。

人の命を預かるのだから、慎重すぎるということはない。

ベッドに入って明かりを消すと、さきほどの試合の迫力が思い出された。

巨大な男たちの、力いっぱいのぶつかり合い。

飛び散る汗、盛り上がりうごめく筋肉、ぎしぎしときしむ骨。

巨体をマットに叩きつけたときのすさまじい音と振動。

重いキック、おそろしいほどスピードがある投げ技。

彼は、血が熱くなってきて、目が冴《さ》えてしまいそうな予感がした。

富臣は心のなかでつぶやいた。

――あんな連中と喧嘩になったら、万にひとつも勝ち目はないな――。

起き上がると、ダイニング・キッチンへ行き、ウイスキーのストレートをグラスに三分の一ほど満たした。

それを一口飲むと、グラスを持ってベッドに戻った。

ベッドで残りを飲み干す。ウイスキーの効き目は驚くほどだった。富臣は布団をかぶった一分後には寝息をたてていた。

翌日、富臣は自宅でＮＭＦの合宿候補地をリストアップすることにした。

朝起きると、近くにある寺の境内へ出かけた。一本の太い立ち木があり、それに向かって、てのひらで突くのだった。

時間に余裕があるときに必ず行なう日課のひとつだ。

空手の掌底突きとはかなり違う。

空手の場合は、立ちをしっかりと固め、腰のひねりを中心に曲げた腕を伸ばす。その勢いで突くのだ。正拳突きも掌底突きも基本的には変わらない。

だが、富臣は、スタンスを小さくして、突くときにてのひら全体に体重が乗るように、やや前傾している。

まるで、相撲の『てっぽう』のように見える。

これが、『野見流』の掌打の基本なのだ。もちろん、このままでは実戦には使えない。てのひらに体重を乗せる感覚を、充分に養うための鍛錬なのだ。同時に、てのひらを鍛える目的もある。

次に、左右から腕を振るようにして、手を幹に打ちつけ始めた。

これも、基本鍛錬だ。腕は胴体のひねりに従って振られている。でんでん太鼓のような動きだ。

それが終わると、両膝を曲げてやや半身になり、てのひらを、幹から三十センチほどのところに構える。

体をうねらせ、構えたてのひらで幹を打つ。この体のうねりが大切なのだった。

膝を曲げているのにも理由がある。打つときに、まず後方の足の踵で強く地面を踏みつけるのだ。そのときに膝のためが役に立つ。

踏みつけた反作用を膝に伝える。膝で増幅させたその力を、腰のひねりでさらに強める、背骨のしなりでそれを伝え、肩、肘《ひじ》と増幅させていき、てのひらで爆発させるのだ。

力の起こりは踵なのだ。これを、鋭い呼吸に合わせて一瞬のうちに行なう。

最初、三十センチほどあったてのひらと幹の間隔を、だんだんと狭くしていく。

構えた位置が幹に近づいていっても、打ちの威力が変わらないように訓練するのだ。

ちょっと考えると、それは不合理に思える。

腕の可動する距離が大きければ大きいほどパンチの威力が増すような気がするのだ。

だが、人間の体というのは複雑にできており、パンチは腕だけで打つのではない。

対象物と構えの位置が近くなった分、体のうねりで距離を補うのだ。

これと同様の打ちかたが他の武術や格闘技にも見られる。

中国の北派武術では寸勁といい、空手では五寸打ちという。また、ボクシングでも、同様のテクニックがある。

富臣の顔に汗が浮かび始める。彼は運動を終えて部屋に引き上げた。

部屋に戻ると、コーヒーを入れ、仕事を始めた。

4

富臣は、まず高尾山《たかおさん》に登っていた。小学生が遠足に行く、東京郊外のあの高尾山だ。

だが、ルートを外れるとなると、自然はたちまち牙《きば》をむいてくる。

山に不慣れな者が迷ったら、助からない可能性のほうが大きい。

林に入り、三日野営して帰る計画だった。非常食しか持たない。

その代わり、ウールの下着、予備の靴下などを持ち、足もとは編み上げのジャングルブーツでしっかりと固めた。

ジャングルブーツは軽くて、富臣にとっては、軽登山靴よりずっと使いやすいのだった。

富臣が使っているのは、防水加工したカンヴァス地を使用したもので、森林迷彩がおおげさだが、一・六キロという軽さは捨て難い。

ズボンのすそは、すねの上をカバーする毛糸のソックスのなかにたくし入れ、シャツを重ね着した上に、フランネルでできた長袖《そで》のシャツを着ていた。

食料は山のなかで手に入れるつもりだった。富臣はそうやって何日も森のなかで生き続けることができた。

彼に必要なのは一本のナイフだった。そして今は、よく使い込んだサバイバル・ナイフを一本持っている。

まったく目立たないナイフで、どこにでもあるような折り畳み式のナイフだ。

ただ、そのグリップは、一本の木から削り出したもので、美しい木目が輪を描いている。

こうしたフォールディング・ナイフは、柄が木製のものが使いやすいことを、富臣は経験上、知っている。

そして、彼は、陸上自衛隊時代とほぼ同じサバイバル・キットを持ち歩いている。

中味は実に簡単だ。

まず、鏡、メモ用紙に色エンピツ、レンズ、釣り針と釣り糸、カミソリ、罠《わな》用のワイヤー、浄水剤、傷用軟こう、アリナミン、塩、アルコール、そして野草メモ——これらを、プラスチックの煙草《たばこ》ケースのなかに収めて持ち歩くのだ。

よくアルミの弁当箱のようなサバイバル・キットが市販されているが、富臣には、この煙草ケースに収まる中味で充分なのだった。

ビニールにつつんだマッチの他、念のために、発火石とマグネシウムの固まりを持っていた。

発火石をナイフでこすって火花を作り、削ったマグネシウムに着火させるのだ。

日があるうちは、山のなかを歩き回った。高尾山には何度もやってきているが、山は決して油断してはいけない。

いくつも書き込みのある地図とコンパスを照らしながら進む。

このナビゲーションが文字どおり生死を分かつのだ。

地図というのは、自分で作り上げていくものだ、と教わっていた。

自分なりの目印を書き込むことによって完成されていくのだ。

慎重に進みながら、キノコや野草、木の実を集めた。

キノコは、上質のタンパク源だ。毒キノコかそうでないかを見分け、袋に放り込んでいく。

毒キノコと、そうでないものを見分ける一般的な基準というものはない。経験を積んで覚えるしかない。

だが、避けたほうがいいキノコの原則はある。

まずヒダが真っ白なもの、柄の根本をすっぽり包むツボがあるもの、柄にリングがあるものは避ける。

虫に食われたもの、腐敗したものは捨てる。

そして、あたりまえのようだが、大切なのは、確信をもって識別できないものは捨てる、ということだ。

山菜は、だいたいが記憶に頼ることになる。長い間山歩きを続けていると、形状やにおいが自然と記憶に残るものだ。

深い山林になると、シダ類が多いが、北半球の温暖地に育つ二百五十種のシダはすべて食用になる。

ただし、若いものに限る。

巻きのあるものだけを食べるようにしなければならない。

一般に広く食べられているワラビでさえ、生長しきったものを食べると、血液の障害で死ぬこともある。
日が沈むまえに野営の準備を始めた。富臣にはテントも必要ない。
ビニールでコーティングしたシートが一枚あればいい。
彼は適当な場所を探して、そこにシェルターを作り始めた。
木と木の間にロープを張り、その下に乾いた草を敷きつめる。
そのロープに、シートをかけ、両側の縁《へり》に適当な間隔で石を乗せる。
三角屋根の恰好《かっこう》になる。テントの原型だ。その下にもぐり込んで寝るのだ。
シェルターができたら、焚《た》き火《び》を作らなければならない。
雨も降っておらず、風も強くないので問題はなかった。
彼は、枯れ草と小枝を寄せ集め、一本のマッチでたちまち火種を作った。
それを次々と手品のように太い枝へと移していき、立派な焚き火へと育てた。
焚き火ができると、人間は安堵《あんど》し、心が落ち着く。
富臣は、まず湯を沸かした。水は移動の途中に沢でくんできた。
淀《よど》んでいる水は危険だが、流れている水は飲んでもたいてい問題はない。一度沸かせば
さらに安全だ。

キノコや山菜をナイフで切って湯のなかに入れる。木の実は殻を取ってつぶし、小麦粉と混ぜる。それに少量の水を加え、よく練った。

木の実と小麦粉を練ったものを小さくちぎり、汁のなかに入れる。

汁は味噌《みそ》で味つけをした。

味噌は最高の保存食であり携帯食だ。タンパク質と塩分がたちまち補給できる。いざとなれば、水と味噌だけで何日も生き伸びられる。

ひと煮立ちさせると、スイトン汁ができあがった。銀座で神代と食べたチャンコ鍋《なべ》とは比べるべくもないが、これでもなかなかいける。

山の夜は冷え込むので、食べ物があたたかいだけでうまく感じられる。

飯盒《はんごう》に半分残して夕食を終えた。

彼は常に腹八分で食事を終える習慣をつけていた。満腹するのは、確かに幸福感はあるが、体にプラスになることはひとつもない。

富臣は自衛官という名の兵士だった。兵士は常に満腹しないように訓練される。

腹いっぱい食う癖のある人間は、それだけ空腹をつらく感じる。

前線では定期的に食事を取ることなどできない。さらに、満腹して腹を撃たれた場合、たちまち感染して腹膜炎を起こす。

腹の中味はなるべく少なくしておいたほうがいいのだ。

長い夜がやってくる。

焚き火のそばで、地図を広げさまざまな目印を確認する。

都会の人間には、この長く暗い夜は耐えがたいはずだった。

実際、山林の夜の闇《やみ》は濃密だ。

街に住む人々は、本当の闇の暗さを普段忘れている。

自分のてのひらが見えない暗闇を想像できないのだ。

木々の葉が幾重にも折り重なっていて、見上げても、星など見えない。

周囲は、木々と下生え、そして種々の灌木《かんぼく》で、風が吹くたびに、さまざまな音を立てる。

灌木の茂みがざわざわと鳴るたびに、人は恐怖に駆られる。

闇はねっとりとまとわりつくような感じで、理性と判断力を奪おうとする。

山で夜を迎えると、妖怪《ようかい》に怯《おび》えた先祖を笑えない。原始時代に、先祖たちが感じていたのと同じ恐怖を味わうことができるからだ。

焚き火や懐中電灯などというものがいかにちっぽけなものかがよくわかる。

圧倒的な闇の量と濃度のまえで、人間が作り出す明かりやぬくもりは針の先ほどの威力もない。

だが、そのちっぽけな火が、夜行性動物から人間を守ってくれる。

富臣は、この長い山の夜が嫌いではなかった。

確かに恐ろしい。

そして、恐ろしいと思わなければならないことも知っている。

それでもどちらかというと好きだった。

彼は、エマージェンシー・ブランケットをシェルターのなかの草の上に二つ折りにして敷き、その間に腰まで入った。エマージェンシー・ブランケットは、NASAで開発された光沢のある新素材でできたシートだ。広げればシーツよりも大きく、折りたたむと、タバコの箱ほどになる。保温力は毛布の三倍ある。上半身を出し肘《ひじ》をついて、焚き火を見つめる。

尻《しり》のポケットに入っていたフラスクを出す。ポケットに収まりがいいように曲線を描いた金属製のフラスクだ。

中味はウイスキーだった。生のままで少しずつ飲むウイスキーがことのほかおいしい。

火を眺めながら、いろいろなことを考える。山のなかで夜を過ごす時間が増えてから、富臣は、人生が豊かになったような気がした。

比喩《ひゆ》ではない。

過去の出来事をあれこれと思い出し、それに対して自分なりに評価を下すことができるようになったのだ。

思い出すことが大切なのではなく、そのことを客観的に考えられる点が重要なのだ。そのためには、まとまった多くの時間が必要だ。幸い、日が暮れたあとの山のなかには時間はたっぷりある。

街なかにいると飲みに行ったり、テレビを見て過ごしてしまう時間だ。子供ならファミコンをやるかもしれない。

だが、テレビもファミコンも、誰かが用意してくれたものだ。

誰かが視聴率を稼ぐために、あの手この手で用意した番組に、時間を奪われているのだ。

気がつくと、人生は終わりに近づいている。その時点から取り返しはつかないのだ。

自分の時間が有限であることを、いつも人は忘れている。

本を読むことは多少ましかもしれない。時刻表が決まっているわけではないからだ。

それでも、誰かが用意した活字によって時間を奪われているような場合だってある。読書は思索ほど純粋に時を過ごせない。

富臣は、その思索の大切さに若くして気づいた数少ない幸運な男だった。

ウイスキーの酔いが回ると、昼間の疲れが出て眠たくなってくる。

そのまま、エマージェンシー・ブランケットにもぐり込んで眠りについた。

うとうとしたとき、灌木や下生えが時折音を立てて、富臣はそのつど目を覚ました。

しかし、風か夜行性の小動物でしかないことは富臣にはわかっている。

山でひとりになると、富臣はおそろしいほどに勘が冴《さ》えるのだ。

勘と呼ぶのは正確ではないかもしれない。獣たちは、すばらしい感覚を持っていて、身の危険をたいへん敏感に察知する。

文明人はいつしか、その感覚を失ってしまったのだ。

だが、猟師など、自然のなかで日常生活を送っている人々は、獣にはとうていかなわないが、かなりこの感覚を残している。

富臣も、厳しい自衛隊のサバイバル訓練と、サバイバル・インストラクターの仕事のおかげで、その感覚を呼び覚まされたのかもしれなかった。

何度か浅い眠りから覚まされたが、そのうちにぐっすりと眠った。

気がつくと夜明けだった。


飯盒に残っていたスイトン汁を温めて食べる。

立派なシイの木に向かって、『野見流』の基本鍛錬で一汗かいてから荷をまとめた。

山道をたどって檜原《ひのはら》村へ向かう。野営を続けて、奥多摩《おくたま》湖のほとりに出た。

さらに、秩父《ちちぶ》山系へ向かい、四日目に三峰口《みつみねぐち》へ出た。

秩父鉄道三峰口駅から電車に乗り、自宅へと向かった。


部屋に戻ったのは、夜の九時過ぎだった。まずシャワーを浴びる。

疲れ切った体にシャワーの効き目というのはすばらしい。

清潔なタオルで髪や体を拭《ふ》きながら、冷蔵庫を開ける。

よく冷えた缶ビールを取り出し、喉《のど》を鳴らして飲む。一気に缶の半分ほどを飲み干していた。

冷たいビールが喉を急降下していき、胃のあたりで燃え上がった。この瞬間、富臣は心から満足を感じていた。

山のなかを歩き、考え、そして帰宅するころにはすでにコースのプランはでき上がっていた。

食事はまだだった。

腹は減っているが、外へ食べに出るのがおっくうだった。

ボロ切れのように疲れているのだ。プロでも四日間にわたるトレッキングはきつい。

彼の部屋には職業柄、常に缶詰めが置いてある。

彼はツナ缶をひとつ開けた。冷蔵庫にレタスが入っていた。

ライ麦パンのスライスに、レタスとツナをごっそりと乗せ、マヨネーズをかけて、ボリュームたっぷりのサンドイッチをふたつ作った。

そのサンドイッチを頬張《ほおば》り、二本目の缶ビールで飲み下した。

腹が落ち着き、アルコールが回ると、睡魔に襲われた。不思議なことに、自宅で飲む酒はよく回る。

NMFの山ごもり合宿の、企画書を作ろうと思っていたのだが、とてもそんな状態ではなくなってきた。

だが、地図への書き込みだけは済ませることにした。時間が経つと、それだけ記憶が曖昧《あいまい》になってくる。記録はできるだけ早いうちにつけておかなければならない。

何とか作業を終えると、丁寧に歯を磨いてベッドにもぐり込んだ。

たちまち、眠った。

NACの事務所に顔を出した富臣は、ワープロで打った企画書を、二宮に見せた。

事実上、富臣の雇い主である二宮は、いつもの容赦のない目つきで企画書を読み始めた。

富臣は、二宮の机の脇《わき》に置かれたカンヴァス地のディレクター・チェアにすわり、足を組んで二宮の様子を眺めていた。

アスレチック・クラブの一角にあるこの事務所でネクタイをしているのは二宮だけだ。

他の職員はNACのロゴ入りのポロシャツにスポーツウエアのズボンをはいている。

この事務所に出入りするのは、スポーツ・インストラクターが多い。皆、いつの間にかそうした服装になるのだ。

だが二宮だけはネイビーブルーのブレザーにグレーのパンツを合わせ、オックスフォード地のボタンダウンシャツにレジメンタルタイで決めている。

靴はローファーだ。

こうした服装が、二宮の人柄を表しているようだった。

彼は他人に合わせるようなことは決してしない。人にどう思われようと気にせず、自分のやりかたを曲げない。

そのやりかたには多少、強引なところもあり、実のところ、富臣にとってもやりづらいことが少なくなかった。

この事務所に出入りする人間の八割は二宮の手腕を認めつつも煙たく思っており、あとの二割は嫌っている。

それは二宮の上司も含めてのことだった。

二宮は、富臣の企画書を、最初から読み直し始めた。

富臣は、辛抱強く、黙って待っていた。

やがて二宮は、企画書を机の上に置いて富臣のほうを見た。こわれ物を置くように慎重だ、と富臣は思った。

二宮が言った。

「安全がすべてに優先する。そうだな?」

「そのとおり」

「それは重要な点だ。安全性に問題があるとNACは面倒な立場になる」

「NACの立場をあんたが問題にするのと同じく、私は人命を問題にしたい」

二宮はにこりともしない。

「そう。問題を起こしたくないという点で、君と私の意見は一致している。だが——」

彼は、背もたれに身をあずけ、くつろいだ姿勢になった。「私たちは、顧客に満足を与えることも考えなくてはならない」

「私たち?」

富臣は、さきほどから浅く足を組み、背はまっすぐに起こしていた。

「そう」

二宮はうなずいた。「私と、そして君だ。君はプロフェッショナルのサバイバル・インストラクターだ」

「言いたいことはわかるような気がする。だが、相手はおそらく山中のサバイバルなど初体験だ。その企画が精一杯だ」

「神代誠は満足しないだろう」

「なぜそう思う？」

「彼は、効果的な合宿を希望している。ただの合宿じゃない。自分たちをぎりぎりの極限状態に追い込み、それを乗り越えることによって精神力の強化をはかろうとしているんだ」

「乗り越えられなかったら、ショックだけが残るかもしれない」

「乗り越えさせるのが君の役目だ。奥多摩というのは、安易だと取られる」

「安易ではないことを、あんたは知っている。私たちは万が一のことを考えねばならないんだ」

「もちろん、そうだ。だが、おそらく神代誠は、子供の遠足ではない、と言うだろう」

「山というのがどういうものか、説明すればいい」

「説明する自信はあるのか？」

「私が？　それは、あんたの役目じゃないのか？」

「実際に引率する人間が説明したほうが説得力がある」

「何もかも私に押しつけるわけだ」

「そう。すべて君にまかせる。もちろん、いろいろな手続きはこちらがやる。この企画で説得できるか、計画を変えることになるか、君の交渉次第だ」

富臣は二宮に逆らっても無駄なことをよく知っていた。

「わかった」

彼はそう言って立ち上がった。

5

富臣はＮＭＦの事務所に足を運び、まず広報担当の宇都木と会っていた。

宇都木は、二宮が想像した神代誠の反応とまったく同じことを言った。

「小学生の遠足みたいですね……」

「それが大きな間違いであることを説明しに来たのです」

「富臣さん。神代が何を求めているかわかりますか？」

「冒険」

「近いが正解ではない。神代が求めているのは危険なのです」

「しかし、それはファンに対するアピールでしょう」

「アピールやポーズだけで本物のファンを獲得することはできません。神代本人が本物にならなければだめなんですよ。神代は常に危険を求め、それに挑戦し、克服している。彼にはそれが必要なのです」

「相手は人間ではなく自然なんです。その考えを、今回だけはあらためていただきます」

「無理だと思いますね」

それは富臣が当然予想していた反応だった。富臣はうなずいた。

「それでは、言いかたを変えましょう。子供の遠足、とあなたは言いましたが、それはまったく違う。子供は道からそれて山林のなかに入ったりはしません」

「それはそうだが……」

「車が通る道まで、あとほんの五十メートルというところで、人が死ぬんです。それが山林なのです。奥多摩の山も間違いなく危険なのですよ。天気次第では、この私も遭難し、死ぬかもしれない」

「あなたは、今、二度も死ぬという言葉を使った。それは、言葉のあやや誇張ではなく……？」

「掛け値なしに……」

宇都木は思案していた。彼は、富臣を信用している。どうやって神代を納得させようかと考えているのだ。

宇都木が何も言わないので、富臣は言った。

「管理できる危険とできない危険があるのです。人間が相手のことなら、それはおそらく管理できる危険と言えるでしょう。でも、相手が自然の場合、危険は管理できなくなるのです。慎重の上にも慎重を期す心構えが必要になります。でないと……」

「でないと？」

「神代さんを死の危険にさらすことになります。私はとても責任を負うことはできない」

宇都木はまた、考え込んでいた。やがて彼は言った。

「わかりました。神代はあなたに従うと言っていました。あなたの判断を尊重しましょう」

「私の説得が必要ですか？」

「いいえ。神代は、言ったことを必ず守る男です」

宇都木の言ったとおりだった。神代は富臣の条件に従う、という返事が二日後、宇都木からあった。

一か月後に、現在の試合のシリーズが終わるので、それからすぐにでも合宿に入りたいということだった。

宇都木と神代の間でどのようなやりとりがあったのか、富臣には知る由もない。

しかし、結局、ふたりは富臣を信頼してくれたということなのだ。富臣はその事実をうれしく思っていた。

檜原村数馬《かずま》の民宿を借り切り、合宿のベースとした。

ＮＭＦの選手六人は、試合のシリーズが終わると、健康診断を受け、一週間の休みを取った。

合宿はその後に行なわれた。

古い民宿に、大きなプロレスラーたちが寝泊まりしている様子は、異様な感じがした。

ふたりの若手は、次の試合のシリーズでデビューする予定になっていた。

片方が一七五センチとレスラーにしてはたいへん小柄で、もう片方は一九〇センチある。

ふたりとも体重は約九〇キロだ。

背の低いほうが沖田、高いほうが五色という名だった。十五センチの身長差があり、体重が同じなのだから、沖田のほうが体格が充実している感じがする。

彼らは先輩の身の回りの世話をしている。それがプロレスの社会の習慣なのだ。だが、山に入ったときはその習慣を一時的に忘れてもらわねばならない、と富臣は思っていた。

山のなかでは、自分の面倒は自分でみる、というのが大原則なのだ。人に甘えるのはもちろんよくないが、必要以上に人の面倒をみるのもよくない。ふたりの若手は、神代に見込まれただけあって、たいへんにしっかりしていた。だが、何しろ若く、気の強さを隠そうともしない。沖田が二十歳、五色が二十一歳だ。彼らは礼儀正しいが、自分たちの体力を誇示するようなところがあった。

それくらいでなければやってはいけないのだろうと富臣は思っていた。あるプロレスの団体では、入門テストの際、百人のうちひとりでも残ればいいほうだ、という話を富臣は聞いたことがあった。

彼らは間違いなく、そうした厳しいテストに合格し、しかも先輩に期待されてこの先、プロフェッショナルの格闘家として生きていこうとしているのだ。

人並の気の強さではやっていけないはずだ。

オランダ人空手家のオットーはたいへん明るい性格だった。

いつも周囲を笑わせているようなタイプだ。彼はアウトドア・スポーツに自信があるようだ。欧米の人々は、日本人よりはるかに自然に親しむことが多いように見える。

実際、余暇の時間をキャンプや釣りで過ごす人は多いし、狩りも伝統的にさかんだ。

鬼塚と中条は、対照的なタイプだがたいへん親しいようだった。

鬼塚は根っからの肉体派で、暇さえあればトレーニングをしている、といった感じだ。

一方、中条は、どちらかといえば、沈思黙考タイプだ。彼は、理論派で、他の格闘技のこともNMFのなかでは一番研究しているようだった。

いちはやく骨法を自分の技に取り入れたのもそのためだろう。

夕食後、六人を集めてミーティングを行なった。富臣は、その場で、山というのはきわめておそろしいということを、全員にわからせなければならなかった。

「三日ずつ、二回のトレッキングを計画しています」

富臣は説明した。「一回目は、大きく一周して、戻ってきます。一日この民宿で過ごし、そのときに、一回目のトレッキングについての反省と、二回目の計画の説明を行ないます。天気予報によると、天候はおおむね良好ということです」

「天気予報など、あてにならないんじゃないかな？」

神代が言った。

富臣がうなずいた。

「もちろん、そうです。だから、常に空模様を気にしていなければなりません。もし、天候が悪化して、危険だと判断したら、ただちに引き返すか、最も近くにある安全な場所に避難することにします」

「その点は、あんたにまかせる。自分らは全面的にそれに従う」

「けっこう。何度も言うようですが、山のなかは危険です。決して気をゆるめないでください。例えば、木の根に足を取られ、足をくじいただけで、その先の移動は地獄のようなものになるのです。小さな不注意が、自分だけでなく周囲の人々に迷惑をかけることになるのです」

神代は、一同を見回した。皆が納得しているのを確かめているようだ。

そのあと、彼は富臣を見てうなずいた。

富臣は先を続けた。

「……私たちは冬山を登山するわけではありません。キャンプに行くのとそう変わりはないという見方もできます。注意さえおこたらなければ、充分に楽しむことができるでしょう」

「楽しむ？」

鬼塚が言った。「地獄の山ごもりと誰かが言ってなかったか？」

彼は神代を見ていた。神代は、何も言わず富臣を見た。

富臣はほほえんだ。

「つまり、何があっても楽しむくらいの気構えでないと、とてももたないということです」

レスラーたちは六人ともスタミナがあった。富臣は、さほどペースを気にせず山を登っていった。

いちばんくつろいで見えるのは、やはりオットーだった。

彼は、緑を眺め、鳥のさえずりを聞いては鬼塚や中条にしきりと話しかける。

若手のふたりは無表情だ。黙々と下生えのなかを進んでいる。時折、灌木が枯れ、その細く長い枝が折り重なっているような場所があった。

全員がそこを乗り越えなければならない。富臣は、うまくバランスを取り、楽々とそこを踏み越えた。

しかし、レスラーたちはそうはいかなかった。

枯れた枝がまるで罠のように足首にからみつく。その足を抜こうとすると、バランスを崩してしまう。

「こいつは何だ、いったい」

閉口した面持ちで鬼塚が言った。

「ただの枯れ枝ですよ。灌木が何かの理由で枯れちまったものです」

富臣が言う。「無理して抜こうとすると足首を痛めますよ。慎重にやってください」

「おい、助けてくれないのか?」

鬼塚がさらに顔をしかめて言う。

「地獄の合宿でしょう?」

富臣はほほえんだ。「自分で何とかしなきゃ意味がない。違いますか?」

「彼の言うとおりだ」

皆と同様に、足もとに悪戦苦闘しながら、神代誠が言った。

やはり、真っ先に枯れたブッシュの障害物を抜け出したのはオットーだった。

その次が中条だった。神代が抜け出し、鬼塚がようやく乗り越えた。

ふたりの若手は、先輩たちが障害物から抜け出すのを待っていたように見えた。

ふたりは、いっしょに枯れた枝の束を越えた。この先輩たちへの遠慮がサバイバルでどういう影響をおよぼすか、富臣は興味を持った。

当然のことだが、富臣は下生えの少ないところを進んだ。

休憩を兼ねて、キノコや山菜を取った。

「食べられるものは自分で探してください」

富臣がそう言うと六人は驚いた顔をした。食料を自分で調達したことなどない連中のはずだった。戸惑うのは当然だ。

「いくら何でもそいつは無理だ」

神代が言った。「俺《おれ》たちはみんな、山歩きに関しては素人だ」

「素人だって山に放り出されることがあります。自分で食べ物を集めないとサバイバルにはなりませんよ。これはそういう合宿なんでしょう?」

「えらく荷物が少ないんでいやな予感がしていたんだ……」

中条が言った。「だが、見分けかたくらいは教えてくれるんだろうな?」

「もちろん」

富臣は言った。「まず、植物について説明しましょう。まず猛毒を持っている植物の特徴を覚えてください。植物の猛毒には一般的にふたつあります。ひとつはシアン化水素酸――つまり青酸です。もうひとつは蓚酸《しゅうさん》です」

鬼塚が言う。

「青酸というと、梅の実か?」

「それは誤りです。梅の実の酸味はクエン酸とリンゴ酸によるものです。シアン化水素酸の代表的なものにはセイヨウバクチノキがあります。月桂樹《げっけいじゅ》の葉に似ていますが、つぶしてにおいをかぐとアーモンドや桃のようなにおいがします。このアーモンドや桃のにおいが危険なのです。つぶしてこのようなにおいがするものは決して食べてはいけません」

鬼塚は中条と、若手の沖田は五色と、それぞれ顔を見合った。

神代とオットーはじっと富臣を見つめている。

富臣は説明を続けた。

「蓚酸の場合は、肌に触れると刺すような感じや焼けるような感じがします。代表的なのはカタバミです。その他、白い汁の出るものは、避けてください。ワラビやコゴミといったシダの若い芽はほとんど食べられるので、手っ取り早いでしょう。次に、食べられるかどうかのテストのしかたを説明します」

富臣はそばに生えていた野草を一本抜いて掲げた。

「食べられそうな植物は必ず試してみることです。まず、いかにもうまそうなものを選ぶこと。虫が食っていたり枯れていたりしているものは食べるには適しません。その一部をつぶしてにおいをかいでみます」

富臣は言いながら、手にした野草の葉の一部と茎の一部をてのひらにのせ、実際にすりつぶしてにおいをかいで見せた。「さきほど言ったように、アーモンドか桃のにおいがしたら、決して食べてはいけません。次に、腕の内側などに植物の汁をつけてかぶれないかどうかを見ます。かぶれるようだったら食用にしないほうがいい。かぶれが出ないようだったら、口にふくんでみます。まず唇で触れ、口の端にはさみ、舌の先に乗せ、それから舌の下側に入れます。そして噛《か》んでみます。口のなかに刺激がないようならば、飲み込んでみます。その後、五分間様子をみるのです。喉がひりひりしたり、ゲップがたて続けに出たり、吐き気、胃腸の痛みがなければその植物は食べられます」

一同は完全に度肝を抜かれた。

鬼塚は驚きの表情のまま尋ねた。

「自分の体を使ってテストするのか……」

富臣は平然とこたえた。

「それ以外にあてにできるものがここにありますか？　ちなみに、他の動物が食べているからといって人間に無害とは限りません」

「毒を持った植物だったらどうするんだ？」

鬼塚は挑むような口調で尋ねた。

「たいていは、においをかいだり口にふくんだ段階でそれとわかります。飲み込んで、腹が痛み始めたら、ぬるま湯を大量に飲みます。また、痛みがひどいときは喉に指を突っ込んで吐きます。また、炭を飲み込むことで吐くこともできます。木を燃やしたあとに残った白い灰を水で練り、飲むと腹痛に効きます。さ、実際にやってみてください」

六人のプロレスラーは、こわごわ野草をむしり、一連のテストを始めた。

富臣は彼らの様子を注意深く見ていた。

この植物の食用テストは、まったく食料の用意がなく林の中へ放り出されたような場合には必ず行なわなければならない。

だが、よく見知っている山菜がある場合や、山に詳しい者が同行しているような場合には必ずしも必要というわけではない。

富臣はプロレスラーたちにサバイバルの厳しさをわからせようとしたのだ。

食べ物を自分の力で手に入れるというのがどれほどたいへんなことか理解してほしかったのだ。

もちろん彼らが集めてきた食べ物は富臣がチェックするのだ。

一時間ほどで、彼らはさまざまな植物を集めてきた。

葉や茎がつぶれないように、そっとそれらを並べた。富臣はその野草をチェックした。

プロレスラーたちは、答案を採点される学生のような面持ちで富臣の顔を眺めている。

若手のふたりは、先輩たちに気を使い、表情が暗い感じがしたが、今ではオットーや神代までが若手と同じような表情をしていた。

富臣は植物をチェックしながら説明した。

「これはヤマウド。ヌタにするとうまい。ここには酢味噌がないのが残念です。これはハコベですね。ニワトリにやる草です。もちろん食べられます。こちらのシダ類はワラビにゼンマイ、コゴミ……。こっちはフキ。いずれも山菜らしい山菜だ。何とか今夜は山菜鍋にありつけそうです」

「山菜鍋……」

鬼塚が言った。「文字どおり山菜だけの鍋……」

「そうです。何も食べないよりずっとましですよ」

富臣は取った野草をそれぞれ自分で持たせて、再び移動を始めた。

日が暮れるまえに水を確保しなければならない。彼は沢のある場所をよく知っている。

プロレスラーたちは、歩きながら、さっそく覚えた野草を摘んでいる。取ったものしか食べられないということをようやく理解し、食べ物探しに夢中になり始めたのだ。

やがて水を手に入れて、野営の準備を始めた。

富臣がひとりでするよりも、ずっと時間がかかった。焚き火を作るにも、富臣の三倍以上の時間がかかっている。

それぞれがシェルターを作り始めた。自分の寝床は自分で作らねばならない。多少難点があっても富臣は指摘しなかった。

失敗したら自分がつらい思いをするだけだ。どうしたらより快適に過ごせるか、自分で工夫しなければならないのだ。

その夜は、富臣の言ったとおり、本当に山菜しか入っていない山菜鍋を食べた。食欲旺盛《おうせい》なプロレスラーたちにとってみれば、量も質も満足には程遠い食事だった。しかし、自分で手に入れたものしか食べられないのがサバイバルだ。ここで妥協したら、山ごもりの意味はなくなる。

翌日、プロレスラーたちはたちまち元気がなくなった。腹が減っているのだ。同じ量しか食べていないが、富臣は元気だった。

川へ出ると、一日、釣りと魚の罠を作って過ごした。釣りも遊びではない。動物性タンパク質を手に入れる手段なのだ。

枝を釣り竿《ざお》にし、サバイバル・キットに入っている釣り針と糸で釣る。淡水魚はたいていそのまま食べられる。

釣りよりも罠のほうが効果的だった。

二日目の野営は、一日目よりも多少手慣れていた。その夜、プロレスラーたちは、おき火で蒸し焼きにした魚を、骨までむさぼり食った。山菜はいつでも集められるようになっていた。山菜鍋に魚が加わり、多少は食事らしくなった。

翌朝、帰路についた。

宿に戻ると、プロレスラーたちは、風呂《ふろ》よりも何よりもまず飯を食わせろと言った。

6

「いかがでした？」

富臣は夕食のあと、プロレスラーたちに尋ねた。

「遠足の気分は」

神代は思わずうめいていた。

「あんたにとっちゃ、本当に遠足のようなものなのだろうな？」

「そう……。かなり楽なサバイバルでしたよ。しかし、何度も言うように、私だっていつ遭難するかわからない。そういう意味では、常に気を配っていなければならないのです」

「俺は本当にまいったよ」

神代は正直に言った。「やってみてあんたが言った意味がわかった。本当に三日以上続けたら死んじまうかもしれない」

事実、神代の目は落ちくぼみ、やつれたように見えた。

鬼塚が神代に言った。

「この合宿はやばいぜ。ウエイトが維持できない。次のシリーズまでにコンディション作りができないかもしれない」

「私もそう思う」

オットーが言う。「キャンプの主旨には賛同した。だが、それによって試合に悪影響が出るようなら中止すべきだ」

富臣は神代を見た。

神代はそれに気づき、五人のレスラーの顔を見回した。

富臣は言った。

「中止するか、あさって出発するか、決めるのは私じゃありません」

「今、俺も含めてみんな気遅れしている。こういう状態で山に入って危険はないだろうか？」

「危険はないとは言い切れません。気後れしていようが、自信満々であろうが事故は起こり得ます」

「つまり、条件は三日まえと変わっていない、と……？」

「条件はおおいに変わっていますよ。ともあれ、皆さんは三日間のサバイバルを経験したのです。自分で野草を集め、魚を釣りました。これは、おそらく自覚しておられないでしょうが、たいへん大きな進歩なのです」

「だが、その三日間のおかげで、皆、うんざりした気分になっている」

「厳しい合宿を望んでいたのは、私のほうではなく、そちらだったはずです」

神代は考え込んでいた。

彼は消耗し、そのために消極的になっている。富臣にはそれがわかったが、だからといってどうすることもできない。

無口な中条が助け舟を出した。

「とにかく、今、俺たちは疲れている。今はぐっすり眠ることが大切だと思う。そして、明日一日は体を休めるのだ。ものを考えるのはそれからでも遅くはない」

中条は富臣のほうを向いた。「それで何か支障はあるかな？」

富臣は首を横に振った。

「ありません」

たいへんに賢明な意見だ、と思った。

判断を先に延ばしたほうがいいときは必ずあるものだ。

その日は午後九時に解散した。若手が皆の布団を敷く。

富臣は、山のなかでは、そういうことを決して許さない。しかし、同様の理由で、神代は、山以外では、プロレス界のしきたりを曲げるわけにはいかないだろう。

富臣は、里では神代のやりかたに従った。

十時まで起きていたのは富臣ひとりだった。レスラーたちはすでにぐっすりと眠っている。

よく食べよく眠るのは悪いことではない。彼らはすぐに元気を取り戻すだろうと、富臣は思った。

実際そのとおりだった。

翌日は一日、休息を取った。栄養のあるものをたっぷりと食べた。

夜はボタン鍋だったが、猪《いのしし》の肉がたちまちのうちになくなってしまった。何度か追加注文し、ついには民宿に用意してあった肉をすべて食べ尽くしてしまった。

食後にミーティングをやると案の定、トレッキングは決行するという結論に達した。

体力はこれほどに意見を左右する。

前回のトレッキングは、サバイバルとはどういうものかを理解してもらうための、リハーサル的な意味合いが強かった。

コースも、それほど長距離ではなかった。

しかし、今度のトレッキングは、檜原村を出発して、山を越えて奥多摩湖まで抜けるかなり本格的なものだった。

山道などのコースをたどれば、山に不慣れな者でも一日十キロの行程くらいは可能だ。

しかし、コンパスだけを頼りに、深い下生えや灌木の茂み、あるいは沢の岩場などを進むとなると、その七割から半分くらいが限界だろう。富臣は、三日で二十キロの行程を計画していた。

一応、無理のない距離といえた。

食料については、前回よりも制限をゆるめ、あらかじめいくつかのものを持参していくことにしていた。

前回は塩や味噌などの調味料以外は一切持参しなかったのだ。本物のサバイバルを一度体験するためだ。

だが、今度のトレッキングは、常に前進を続けなくてはならず、それだけ消耗は激しくなるはずだった。

とりわけ、ストレスが問題だった。

ストレスがパニックを引き起こす。どんなに体力に自信のある人間でも、パニックには勝てない。

山のなかの温かな食べ物は、かなりストレスを解消させてくれる。

富臣は、干し肉、何種類かの素材缶詰め、米を六人に分配して持たせた。ひとりひとりの持ち分はそれほど多くない。

富臣は、皆の倍ほどの量の米と干し肉、そしてフリーズドライのコーヒーなどを持った。コーヒーなどの嗜好品《しこう》は本来サバイバルとは無縁のものだ。富臣も、気前よく皆にふるまう気などなかった。

こうした嗜好品は、ストレス状態にさらされたとき、驚くほどの効果をもたらすのだ。

さらに、富臣はフラスクのなかにウイスキーを満たした。

こちらは嗜好品ではない。いざというときの気付薬にもなるし、ある程度消毒の役にも立つ。

そして、やはりストレスと不安への薬でもある。

富臣はコースの説明をして、ゆっくり休むように、と言った。眠れない者が問題を起こす。

富臣は、誰が不眠の傾向を示すか観察しようとした。だが、その夜も、プロレスラーたちは、全員、たちまち寝入っていた。

朝六時には起床し、七時に出発した。朝食は宿で取った。

これから三日、満足な食事が取れなくなることを、すでにプロレスラーたちは知っていた。彼らはひたすら食べた。

富臣はそれを止めなかった。エネルギー源を充分に補給しておくのは悪いことではない。

彼らに限って、食べ過ぎで腹をこわすということもないだろう。

それに彼らはウエイト維持に気を使っている。食べられるうちは食べたほうがいい。

すぐに坂を登り、畑の脇を通って山林に分け入った。

レスラーたちは六人ともリラックスしている。足取りも落ち着いているし、表情も明るい。

さすがにスポーツの世界で生きている人たちだ、と富臣は思った。三日間、歩き回っただけで、山歩きに慣れ始めている。運動に縁遠い者ではこうはいかない。

富臣は山刀や鉈《なた》を一切使わない。灌木の枝や太い蔓草《つるくさ》が行く手をさえぎっている場合でも、慎重にそれを乗り越えるかくぐるかする。

ナイフで切る場合もあるが、たいていの場合は、そのままで進んでいく。これは、別に自然保護のためではない。山刀や鉈で蔓を切るくらい、山林にとってみればどうということはない。

富臣が、兵士として訓練されたことに関係している。なるべく通った痕跡《こんせき》を残すまいとするのが習慣になっているのだ。

しばらく笹《ささ》やシダがびっしりと生えているなかを進んだ。

ナラ、ブナ、クヌギ、クリ、カシ、ケヤキ……、ありとあらゆる広葉樹が立ち並んでいる。

さまざまな太さの枝。枝の密度も、角度もそれぞれに違っている。

そして、となり合う木の葉の形と色は、一か所として同じところはない。微妙なグラデーションを描いて、緑色が折り重なっている。

そして、全体として見ると、統一された明るい緑に見える。

オットーは相変わらず、あれこれと仲間に話しかけている。

富臣も、できるだけ、オットーの問いかけに機嫌よくこたえることにした。気心が知れてくるにつれ、信頼感も増す。

何かあったときは、この信頼感がものを言うのだ。

次第に葉の茂りが厚くなり、林のなかは暗くなり始めた。

天候は今のところ申し分ない。葉が日の光をさえぎっているのだ。

それくらい深く山林に入ったということだ。

富臣は時計を見た。午前十時になろうとしていた。出発して三時間が経っている。

この間、誰も音を上げようとしなかったのはさすがだと富臣は思った。

やはり、レスラーの持久力というのは並ではない。富臣は立ち止まり地図を取り出した。

おおよその位置を割り出す。彼は一同に言った。

「ここでしばらく休憩にします。ついでに、昼食用の食べ物を集めておいてください」

六人は、それぞれに木の根本に腰を降ろした。人間は、誰に教わらなくとも、自然と木にもたれるようにして休むものだということを、富臣はこのとき、あらためて認識し、わけもなくおかしくなった。


レスラーたちは、野草を集めていた。慎重に食用テストをしている者もいる。

富臣も山菜を数種類と、キノコを集めた。レスラーたちより効率よく動くので、ビニールの袋がたちまちいっぱいになった。

「おい、見てくれ！」

鬼塚の声が聞こえた。

一同は手を止めてその声のほうを向いた。鬼塚は、手に何かをぶら下げ、膝丈よりも深い笹やシダ類をかき分けて近づいて来る。

「枯れ枝を投げたら、まぐれで当たっちまったんだ」

彼が手に下げているのは、野ウサギのようだった。

野ウサギは、世界中どこにでもいる最もポピュラーな動物のひとつだ。肉の味も悪くない。

「こいつはお手柄だ」

富臣は言ってそれを受け取った。まだ温かい。

首が折れていた。よほど重たい枝を投げつけたに違いなかった。

富臣はウサギの伝染病である粘液腫《ねんえきしゅ》症やツラレミアにかかってないかどうかを調べた。

ウサギをさばくにも、昼食を取るにも水が必要だった。

そこから約三十分のところに川があるはずだった。細い川で流れがきつい。

彼らは川のほとりの岩場まで移動することにした。

水の音は、山歩きをしていると、心の安らぎを与えてくれる。

木々の葉の間に、水のきらめきが見えたときはすがすがしい気分になる。

かなり上流なので川原らしい川原がない。何とか岩陰に平らな部分を見つけ、そこで火を起こすことにした。

焚き火を作るのをレスラーたちにまかせ、富臣はウサギをさばくことにした。

解体して初めて獲物は食料になる。解体しない限りただの死体だ。

富臣はまずウサギを逆さに吊《つ》るして首の動脈を切り、血を抜いた。本来のサバイバルならば血は決して無駄にしてはいけない。

血はビタミン、ミネラル、タンパク質、そして塩分の宝庫で、完全食だ。

だが、他にまったく食料がない場合とは違い、今回は血はすべて捨てた。慣れない者に血を飲むことを無理強いすることもない。

それほど深刻なサバイバルではないのだ。血を飲むと嘔吐《おうと》することもある。

焚き火ができたようだ。

富臣は川の水をくんで、湯をわかすように指示する。

レスラーたちはいくつかの飯盒に水を満たし、焚き火の上に渡した枝にそれらを吊るした。

彼らは、興味を持って富臣に近づいてきた。吊るされたウサギをぼんやりと眺めている。

「血を見るのは慣れているでしょう？」

ウサギの下にできた血だまりを見て、富臣は言った。

誰も返事をしなかった。

血抜きが終わると、岩の上にウサギを横たえ、まず肛門《こうもん》の周囲にナイフを入れた。

これで外皮と内臓が切りはなされたことになる。

その切れ目に左手の人差指と中指を差し込む。その二本の指で皮を持ち上げるようにして、その間にナイフを入れて切り裂いていく。

皮をはいだあと、腹の肉を持ち上げて切れ込みを作り、まず肛門方向へ、次に胸のほうへと切り裂いて、内臓を抜く。

レスラーたちは蒼《あお》い顔をしていたが、オットーだけは平気そうだった。

肉食人種の強味だ。若手たちは、吐きそうな表情だ。

「西欧の貴族は狩りをする。狩りをする者は動物の解体もできなければならない。だから、日本ではケガレだの何だのと言われる動物の解体も、ヨーロッパでは貴族のたしなみだということだ」

手を動かしながら富臣は説明していた。「そうですね、オットーさん」

「そのとおり。ナイフひとつでいかに動物をうまくさばけるか――これは男の心得のひとつだ」

「おまえなら人間もさばけるだろうな」

鬼塚がそう言って笑おうとした。

だが、うまくいかなかった。強がって見せようと思ったのだが、そのとき、ちょうど富臣が内臓をつかみ出したのだ。

オットーの代わりに富臣が言った。

「毛がないだけ人間の解体は楽かもしれませんね」

富臣は内臓とウサギの本体を両手に持ち、川でその双方をよく洗った。

まず内臓をぶつ切りにして積み重ねた。

胃や腎臓《じんぞう》、肝臓といったうまそうなところだけを切り、腸など食べないところは穴を掘って埋めた。

富臣ひとりのサバイバルならば、こんなもったいないことはしない。血の一滴、内臓のひとかけらまで決して無駄にはしないだろう。

内臓を切ると、どうにか料理の素材らしく見えてきた。

次に富臣は腱を切り、四肢《しし》をばらすと、肉を切り取り始めた。

あばらとももは骨がついたままにした。肉の量は思ったより多い。たかだか一匹のウサギだが、それから取れる臓物や肉はばかにできない。

肉を適当な大きさに切り分けると、飯盒の沸いた湯のなかに入れ、それに臓物を加えた。

よく煮込むと油が浮き始める。脂肪は大切なエネルギー源だ。すくって捨てるような愚かなことは決してしない。

富臣はキノコを入れ、さらに山菜の茎の部分や、地下茎の部分を入れた。

鬼塚や中条は、オットーと談笑している。若手の沖田と五色は、自分たちが採ってきた野草が、並んだ飯盒のなかに放り込まれていくのをじっと見ていた。

「こういう料理は、実に楽しいものだな」

神代誠が言った。

レスラーたちはすでにウサギ解体のショックから立ち直っている。死体が料理になるまでの過程をその眼で見て納得したのだ。

もう、動物の解体場面を見てもショックを受けることはあるまい、と富臣は思っていた。

富臣は神代の言葉にこたえた。

「そう。材料は新鮮です。料理の基本ですね」

最後に山菜の葉の部分を入れて、味噌で味をつけた。

野草や山菜ばかりがごっそりと入った感じのウサギ汁ができ、レスラーたちは満足してそれを味わった。

彼らの腹を満たすには量は足りないが、誰もがそのことを予想していた。そのために不満足そうな表情の者はいなかった。

彼らは昼食後一時間の休憩を取り、再び林に分け入った。

日が傾くまでひたすら歩いた。ただ歩くのではない。深い下生えをかき分け、あるときは灌木の茂みを迂回《うかい》し、あるときは、蔓で築かれたバリケードを強引に突破して進むのだ。

ペースは決して早くないが、全員、疲れが出てきたせいで無口になってきた。

富臣は、一日目の野営の準備を、始めることにした。

7

夕食のあと、焚き火を囲んで集まった。

富臣はウイスキーを少しずつ皆にふるまった。ウイスキーはここでは貴重品なので、大切に飲んだ。

焚き火を囲むと心がなごむ。

レスラーたちは、思い出話や、試合のエピソードなどを話して笑い合った。

「あんたもいい体してるよな」

鬼塚が富臣に言った。「うちの団体に入ってプロレスやらないか?」

「楽しいかもしれません」

富臣が言う。「豊かな入院ライフが楽しめるでしょう」

「何だい。自信がないってことかい?」

「リングでは三十秒ともたないでしょう」

「そのための訓練だ」

「プッシュアップ千回、スクワット二千回? とても自信ありませんね。百人いた入門者が、ひとり残るか残らないかなのでしょう? プロレスラーは選ばれた人々なのだと思いますね」

「あんたは、人を気分よくさせるのがうまい」

神代が言った。「人に媚《こ》びているわけじゃないし、人に迎合しているわけでもない。自分のやりかたは曲げない。それでいて、相手を嫌な気持ちにさせない。例えば、このウイスキーだ」

「そう」

富臣が言う。「例えばそのウイスキーです。要は、ちょっとした心遣いなのですよ」

「だが、それは余裕の現れだろう？」

「余裕？」

「そう。あんたは、自分が常に優位にいないと不安なタイプだ」

「もちろんです。ここは山林のなか。つまりは、私のフィールドです。私が責任を持たねばならないのですからね」

「そういうことだな……。だが、俺《おれ》は別の意味でもあんたに興味を持っている」

「ほう……」

「つまり、格闘家としてのあんただ」

富臣は、ぽかんとした顔で神代を見ていた。完全に虚を衝《つ》かれて、まったく無防備な表情だった。

他の五人も、訳がわからないといった顔で神代を見た。

神代は言った。

「山に入ってからずっとあんたを見てきたが、あんたの肝《きも》のすわりかたは半端じゃない。ただの登山家じゃない。格闘家としても一流じゃないかと思うがね……」

「とんでもない……。私がやっているのは護身術の域を出ていませんよ」

五人のレスラーが、黙ってふたりのやりとりを見つめている。

神代はそれに気づき、皆に説明した。

「この人はな、何でも出雲《いずも》地方に伝わる古い武道をやってるというんだ。しかも、自衛隊レインジャーの格闘術も身につけている」

鬼塚がおもしろそうに笑って言った。

「そいつはいいや。うちの若手とどっちが強いかな」

鬼塚はもちろん冗談のつもりだったが、ふたりの若手は笑わなかった。

中条が、若手たちの厳しい表情に気づいて言った。

「ほう……。おまえたち、何か言いたいことがありそうだな……」

小柄のほうの沖田が言った。

「自分ら、NMFのレスリングが最強だ、と入門のときから教えられてきましたから……」

そこまで言って、言い淀《よど》んだ。

「だから何?」

中条が尋ねる。

沖田は言葉を探している。いら立った様子の五色が代わって言った。

「自分らは、どんな格闘技にも武術にも負けはしません。まして、相手が素人だったら……」

中条は物静かな語り口で五色に言った。

「ＮＭＦは最強だ。俺も常日頃そう言っている。だが、なぜ最強だといえるのか？　その根拠を考えることだ」

「根拠……？」

五色は訊《き》き返した。

「そうだ。レスリングが強いわけではない。ＮＭＦという団体の特別のスタイルがあるわけでもない。要するにＮＭＦに所属している個人個人が強いのだ。強い個人が集まってＮＭＦを作っている。だからＮＭＦは強い。それはわかるだろう」

「個々人が強いというのが、ＮＭＦの強さの根拠なのですか？」

五色が尋ねる。中条は言った。

「いや、それは原則でしかない。根拠ではない。問題はなぜ俺たちは強いか、だ」

「なぜです？」

「あらゆる武術、あらゆる格闘技を認めているからだ。ボクシング、ムエタイ、空手、柔道、それればかりでなく、日本の古武道や中国拳法だって、俺たちはなめたりしない。あらゆる格闘技に可能性を見つけるのだ」

「だから中条さんは骨法を学ばれたのですか?」

「そうだ。今のプロレスはレスリングの技術だけで客にアピールできなくなってきている。プラスアルファが必要なんだ。日本の古武道は、そうしたときに無視できない要素があると思うが……」

「しかし……」

今度は沖田が言う。「自分らはプロです。素人に負けるわけにはいきません」

「もちろん、そうだ」

中条はうなずく。「プロとはそういうものだ。だが、素人とプロはどこが違うんだ?」

「鍛えかたが違います」

沖田がこたえた。「自分ら、負けないために、毎日つらい稽古《けいこ》に耐えているわけですから……」

「だが、勝負というものはわからない。われわれプロは、一年に何度も戦うことができる。

普通の人間だったら、何日も入院しなければならないような目にあってもけろりとしている。俺たちは興行で食わなきゃならんから、いちいちけがなどして入院はしていられない。そのために体を鍛えるんだ。しかしな、一回だけの勝負となったら、プロも素人もない。勝負だけは下駄をはくまでわからないんだ」

「いや、ですが……」

沖田がそこまで言って、ためらった。

神代が笑い出した。

一同は神代を見た。神代が言う。

「おい、沖田。本気になるなよ。冗談で言ってるんだ。誰もおまえが負けるとは思ってはいない」

富臣はようやく自分がしゃべる場面になったと感じた。

「そうですよ。だいたい、俺はどんなことがあったってリングには上がりませんよ」

「悪かったな、つまらんことを言って」

神代が富臣に言った。そのあと、にやりと笑い、ひとこと付け加えた。「だが、やっぱりあんたは自分の腕に自信があるように、俺には思えるんだがね……」

「そう……。たぶん、山のなかでゲリラ戦をやる限り、あなたに勝ち目はない」

あなたに勝ち目はない、という言いかたが、格闘技専門家をどれだけ刺激するか、富臣は知らないわけではなかった。

だが、このときはそう言いたい気分だった。神代が理不尽な挑発をしているように感じられたからだった。

神代はくすくすと笑った。

焚き火の明かりに照らされて、その笑顔は妙に人なつっこく、まるでいたずらっ子のような印象があった。

神代は笑いながら言った。

「あんたはそういう人だ。そう。山のなかでは、俺たちは誰ひとりあんたには逆らわないよ」

富臣は妙に気恥ずかしくなった。

神代誠というのは、やはり一流の兵法家だ、と富臣はこのときあらためて思った。

確かに富臣は、レスラーたちとの間に一線を引いていた。

神代は巧みにその線を取り除いてしまったのだった。今では、ずっと腹を割った雰囲気になっていた。

「さて、眠くなったな。ずいぶんと疲れた」

神代が言った。「俺は眠ろうと思うが、いいかな?」

「もちろん」

富臣はうなずいた。「他の皆さんも、もう横になったほうがいい。明日はまた、前進しなければならない」

皆は言うとおりにした。

それぞれにロープと防水シート、木の枝や枯れ草などで、シェルターを作っている。すでに手慣れたものだ。

富臣は皆が眠りにつくまでを観察していた。不眠の傾向が見え始めたら、手を打たなければならない。

彼らは横になると、じきに寝息を立て始めた。いびきをかき始めた者もいる。

富臣は、若手の沖田が、何度も寝返りを打っているのに気づいた。

しばらく様子を見ていて、一時間以上寝返りを打ち続けるようなら、ウイスキーをもう少し飲ませようと思った。

だが、やがて、沖田の動きも静かになった。虫の音、小動物が動き回る音、何かの鳴き声、そして、風に葉がそよぐ音などが聞こえる。

富臣もうとうととした。そのとき、何かが気になった。ぼんやりとしていく意識のなかで、妙に醒《さ》めている部分があった。

富臣は、はっと目を覚ました。

風だ。葉を鳴らす風の音などさきほどまで聞こえていなかったのだ。

風向きが変わったのだった。明日は天候が崩れ始めるに違いなかった。

雨は、士気を鈍らせ、気を滅入らせる。明日、彼らのストレスは、今日とは比べものにならないくらいに高まるはずだ。

ふと、さきほどの若手の過剰ともいえる反応を思い出した。

彼らは、快適な環境でも、自分たちのプライドに関することにはあれだけ反感を露《あら》わにした。

雨に濡《ぬ》れ、こごえ、空腹で苛立《いらだ》っているときには、いったいどうなるのだろう。

それを考えると、富臣は少しばかり気分が重くなった。

やはり朝から天候は怪しげだった。

林のなかが暗く、木のかおりが強い。植物たちは雨を歓迎するが、林のなかの動物はそうはいかない。

特に、人間は雨のために、夏でもこごえる。やはり、昼近くから降り出した。

山林のなかを行く利点は、雨に直接さらされずに済むということだ。

厚く重なり合う木の葉が、傘の代わりをしてくれる。

だが、雨足が強くなるにつれて、やはり雨に打たれることになる。

下生えがたっぷりと水をふくんで、衣服を濡らす。

濡れた笹などは滑りやすくなり、足もとがあやうくなってくる。

富臣が思ったとおり、レスラーたちは全員がひどく沈んだ表情になり、きわめて無口になった。

富臣は彼らの負担を軽くしてやらねばならなかった。彼は、昼食に、携帯していた米と干し肉を使って料理をした。山菜だけはレスラーたちに集めさせた。

雨のなかで焚き火を作るのは難しいので、それも富臣がやった。

雨に濡れながら食事を済ませ、また出発する。

レスラーたちはますます無口になっていく。ただ黙々と歩くだけだ。

雨の日はたちまちあたりが暗くなるので、早目に野営の準備をした。今度はレスラーたちに焚き火を作らせた。

富臣が手助けして、何とか火が燃え上がった。何もかも湿っているので煙がひどく、目や喉《のど》が刺激される。

それでも、火を囲むと、レスラーたちはほっとした表情になった。

「うわっ」

突然、若手の沖田が悲鳴を上げた。

「どうした？」

富臣は尋ねて彼のほうを見た。

沖田は下生えのとぎれた地面のあたりを指差している。見ると蛇《へび》が這《は》い出してきていた。八十センチほどのアオダイショウだ。

「こいつはいい」

富臣は歩み寄ってナイフを抜いた。彼は蛇の頭のうしろを踏みつけると、あっという間に頭を切り落とした。

蛇はのたうち、富臣の足首に巻きつこうとしていたが、首を切り落とされるとじきに動かなくなった。

富臣はナイフで蛇を切り開き始めた。

沖田は真《ま》っ蒼《さお》な顔で言った。

「やめてくれ……」

他の五人も気味悪そうな表情で富臣を見ている。

富臣は手を止めずに言った。

「レインジャーの訓練では度胸をつけるために蛇をつかまえてそのまま食わされた。なに、開きにして焼けばウナギみたいなもんだ。沖縄では海蛇の干物はごちそうだよ」

「俺は蛇なんて食えない」

沖田は言った。ますます気分の悪そうな顔をしている。

蛇に対して異常な恐怖や嫌悪を抱く人は多い。特に、女性よりも男性に、その傾向が強いようだ。

沖田もそのひとりなのだろう。

だが、こういった状況こそ、神代が求めていたものだったはずだ――富臣はそう思った。

彼は言った。

「どうってことない。焼いたものを食ってみると、意外にうまいんで驚くかもしれん」

富臣は開いた蛇を適当な大きさに切り始めた。実際、魚の切り身のように見えた。

「やめろと言ってるんだ」

沖田の口調が激しくなった。「いやがらせばかりしやがって。蛇なんて殺さなくたって、ザックのなかには干し肉が入ってるじゃないか」

「これがサバイバルなんだよ。そういう合宿のはずだ」

「ふざけるな」

沖田は怒鳴った。「山のなかじゃ一番強いだと？　神代さんもかなわないだと？　なめるな」

富臣は、あっ、と思った。沖田はやはりゆうべの一言を根に持っていたのだ。

ストレスにさいなまれた彼は、大嫌いな蛇を食わされそうになり、ついに心理的なバランスを失ってしまったのだ。

俗に「切れる」という状態だ。

沖田の動きは信じられないくらい早かった。

他の五人のレスラーが止める間もなかった。

彼は、富臣につかみかかった。そのまま締め上げるか投げるつもりだ。

富臣はそのスピードに圧倒された。持っていたナイフを取り落としていた。

そのあと、富臣にも何が起きたのかわからなかった。

まったく反射的に体が動いたのだった。危機に対して、体が反応したのだ。

富臣はつかまれたときに、まったくもがかなかった。

もがけばもがくほどつかみかかってきた相手は強く握るものだ。

彼は引かれるままに近づいた。体が密着したとたんに投げられる。

レスラーは体のどこかが触れてさえいればそこを支点にして投げることができる。

引きつけられ、体が触れようとした瞬間、富臣は沖田のすねを蹴《け》っていた。

さらにそのまま足の甲を踵《かかと》で踏みつける。相手の足の甲を踵で踏もうとすると、どうしても足を横向きにしなければならず、そのために体をひねることになる。

そのひねりを利用して、肘《ひじ》を水平に振っていた。

富臣の肘は沖田の顎《あご》をかすめていた。

沖田の手がゆるんでいた。

富臣はつかまれていることなどまったく気にしない様子で相手の腋《わき》の下にさっと腕を差し込んでいた。

そのまま巻き込むように体を沈めると、沖田が投げ出されていた。

すかさず富臣は両手で沖田の喉を決めていた。

あっという間のできごとだった。

あまりに技がきれいに決まったので、他のレスラーたちは唖然《あぜん》としていた。

富臣は自分の呼吸の音を聞いた。そして、自分がいかにすさまじい顔で沖田を見降ろしているかを自覚し始めていた。

富臣は肩をぽんぽんと叩《たた》かれ、はっと我に返った。

肩を叩いたのは神代だった。

富臣は手を離し、立ち上がった。

沖田はひゅうという音を立てて勢いよく息を吸った。

その拍子に唾《つば》をいっしょに気管に入れてしまい、激しく咳《せき》込んだ。

富臣はその様子を傷ついたような表情で見降ろしていた。まるで、彼のほうが敗北者のようだった。

「たいしたもんだ、あんた……」

神代が言った。

それは素直な驚きだったが、富臣には何か思惑がありげに聞こえた。

富臣は黙っていた。神代がさらに言った。

「沖田は次のシリーズからデビューするれっきとしたプロのレスラーだ。そいつを一撃でおさえつけちまった」

富臣は首を振った。

「まぐれですよ……」

「そうだ。まぐれに決まっている」

沖田が立ち上がって言った。「俺が素人にやられるはずがない。さあ、来い。今度はさっきみたいにはいかんぞ」

沖田はレスリングのクラウチング・スタイルで構えた。

「よせよ」

神代が言う。「見苦しいぞ。おまえは負けたんだ」

「いいえ。まだ負けていません」

「頭を冷やせ、ばかやろう」

神代は突然、大声を出した。

沖田は構えを解いて直立した。神代は沖田を睨《にら》みつけてから言った。「どちらかがけがをするまで戦う気か？　この山のなかで……。この人がけがをしたら、俺たちはどうやって山を降りるんだ？　おまえがけがをしたら、俺たちはおまえを引きずって進まなきゃならない」

沖田はうつむいていた。神代は続けた。「プロの格闘家が一本取られたんだ。恥を知れ」

「申し訳ありません」

そこで神代は声を柔らげた。

「まあ、おまえの気持ちが収まらないのもわかる。どうだ、この人との決着は俺に付けさせてくれないか」

「え……」

沖田は思わず驚きの声を上げていた。

あとの四人も驚いていたが、誰よりもびっくりしたのは富臣だった。

富臣は神代の顔を見つめていた。神代は富臣を見返して言った。

「この俺があんたと勝負をするんだ」

「ばかな……」

富臣は言った。「冗談はやめてください」

神代はこたえた。

「はずみであれ、うちの沖田が投げられ、喉を決められたのは事実だ。こちらにはリターンマッチを申し込む権利があると思うが……」

「そんな申し込みを受ける義務は、こっちにはありません」

神代はまた人なつこい笑顔を浮かべた。

「まあいい。食事にしよう。今夜のメインディッシュは、蛇のカバ焼きか？」

8

「いつからプロレスラーになった？」

ＮＡＣの事務所に呼び出されて行ってみると、二宮が富臣に突然言った。

富臣は、山のなかでＮＭＦの若手レスラーに体落としをかけ、喉を決めたことが二宮に伝わったのだと思った。

「NMFの仕事を取ってきたのはあんただ。やりかたはすべて私に任せると言ったはずだ」

あの日、夕食を食べ、焚き火で暖を取ると、皆、落ち着いてきて、なごやかさを取り戻した。

翌日は雨も小降りになり、午後三時過ぎに三峰口に下山した。

三峰口の駅の近くにNMFのマイクロバスが待機しており、一同を新宿の焼き肉屋に運んだ。

そこで合宿の打ち上げをやったが、レスラーたちは、しこたま食べ、飲んだ。

無事に山から帰れたことでほっとしたのだろう。彼らは、たいへんな躁《そう》状態となった。

飲んではわめき、わめいては大笑いした。富臣もその雰囲気に飲まれおおいに笑った。

二宮は、いつもの挑むような眼で、富臣を見ている。

ネイビーブルーのブレザーにレジメンタルタイ。シャツはオックスフォード地のボタンダウン。

「言った」

二宮はうなずいた。「その点については文句は何もない。ＮＭＦでは、合宿は成功だったと言っている」

「では、何が問題なんだ？　私は何のためにこのコンクリートの檻《おり》のなかに呼ばれてあんたと向かい合ってるんだ？」

「コンクリートの檻？　私にとっては大切な巣のようなものだがな」

「人間の最大の愚行は森を出たことだ。それで？」

「ＮＭＦが君に試合を申し込んできた」

「何だ、それは……」

「こっちが訊いてるんだ。神代誠が異種格闘技戦の興行を組むということだ。そのなかのひとりに、君を組み込みたいといっている」

二宮は、Ａ４判の紙を、富臣に向かって差し出した。

富臣はそれを受け取り、黙って読んでみた。興行の出場依頼だった。神代の印が押してある。

　つまり挑戦状だ。

「こいつはたまげたな……」

「たまげた？　それだけか？　私はサバイバル・インストラクターを雇っているつもりだったが……。それが、何でプロレスラーに挑戦されなきゃならないんだ？」

「たまげたとしか言いようがない。何にしろ、これは無意味だ。私が神代誠の挑戦を受けられるはずがない」

「そうなのか？」

富臣は二宮のその言葉に、耳を疑った。

「あたりまえだろう。あんた、プロレスラーに挑戦されて受けて立つことなどできるか？」

「私にはできない。だが、君は違う」

「違わないさ」

「幼ないころから武道をやっているし、自衛隊では格闘術の訓練もしている。レインジャー仕込みの空手は荒っぽいらしいな」

「プロレスラーから見たら、あんたも私も変わらないよ。レベルが違うんだ」

「ではなぜ神代誠は君と戦おうなどと思ったのかな？」

富臣は二宮の顔を見たまま考え込んだ。

彼は、下山する前日、山のなかで起きたことを話した。

「ほう……」

二宮はさほど感心したふうもなく、言った。「プロレスラーを投げ飛ばしたか……。そいつはたいしたもんだ」

「はずみだよ。むこうはかっかきていた。こちらが素人だと思って油断もしていたろう。山のなかは足場も悪く、リングに慣れているレスラーには不利だ。私は無我夢中だった――そういった、いろいろな要素がからみ合って起こったことだ」

「支配人は受けろ、と言っている」

「何だって……?」

「NACのまたとない宣伝になると考えているようだ」

「私の命より宣伝?」

「そう。契約インストラクターの命よりも、営業収益だ」

「だが、私はそんな挑戦は受けない」

「それは自分への挑戦だ、と支配人は受け取るだろうな」

「支配人がどう受け取ろうと知ったことではない。私は自分の命と五体が何より大切だ。

ＮＡＣの宣伝に協力しなければならないいわれなどない」

「私は君を説得するように命令された」

「私は説得などされない」

「そう考えるのは当然だ。だが、君はきっと考えを変える」

「いや、そんなことはあり得ない」

「そうかな……。私はどんな手を使ってでも目的は果たす」

「なぜあんたは私をリングに立たせたがるんだ？　私が病院送りになる姿がそんなに見たいのか？」

「とんでもない。君がけがをするのは、ＮＡＣにとっても損失だ。もちろん、私は君に個人的ないかなる感情も抱いていない。要するに、君を説得するのが私の任務なのだ」

「話にならない……」

富臣は二宮に背を向けた。「失礼するよ」

「まあ、待て」

二宮は落ち着き払って言った。

富臣は背中を向けたまま話を聞いていた。

「神代誠は若手レスラーが君にやられたことを面子《メンツ》の問題と考えているのだろう。彼らのような職業では当然考えられることだ」

「彼がこれほど大人気《おとなげ》ないとは思わなかった……」

「考えかたを変えてみてはどうだ？　つまり、君が神代誠の挑戦から逃げた、と一般に知れ渡った場合……」

富臣はゆっくりと向き直った。

「私は格闘技のプロじゃない。誰も何とも思わないさ」

「そうかな……。『野見流』をやっている仲間はどう思う？　君の先生は何を考える？」

富臣はまず衝撃を覚え、次に腹が立ってきた。

彼は返す言葉を思いつかず、ただ二宮を見すえていた。

二宮が続けた。「そして、日本の古武道を守っている人々の立場は？　日本の古武道など所詮《しょせん》、物の役に立たぬ形式だけのもの、と言われるかもしれない。そうなったときの、古武道にたずさわる人々の気持ちはどんなものだろうな？　そして、そのとき古武道界での『野見流』の立場は……？」

「知ったことか……」

「あきれたな……。君はもっと誇りを大切にする人間だと思っていたよ。そう。私が職務とか会社への忠誠といったものを大切にするように、君は君自身の誇り、君が属しているものへの誇りを大切にするものと思っていた」

「何が誇りだ。私はそんな口車には乗せられない」

「私はこの問題の核心について話しているつもりだ。神代誠はプロレスラーの誇りをかけて素人の君に挑戦した。ある意味で彼は背水の陣を敷いたわけだ。素人に挑戦するということ自体が愚行に見えるし、君はまったくの無名だ。興行的にもメリットはない。それでも神代誠は挑戦した。何のためだ？　営業的には何のメリットもない戦いだ。すべて、プロレスラーとしての誇りのためじゃないか。君はその神代誠の気持ちや立場を踏みにじろうとしている」

「そうじゃない。他に方法があるはずなんだ」

「いや。神代誠が挑戦をした瞬間から他に方法などなくなってしまったのだ。君も、今や『野見流』と古武道の誇りを背負う立場にあるわけだ。後には退けないんだよ」

富臣は、突然非現実的な世界に放り込まれて当惑していた。

彼は、二宮という男の手口に半ば感心していた。二宮は確実に富臣の弱いところをついているのだ。

富臣は何か言い返さなければならない、と考えていた。

しかし、驚き当惑している富臣は、あの手この手を熟慮している二宮の敵ではなかった。

二宮は言った。

「……もちろん、ＮＡＣは全面的に君をバックアップする。専門のトレーナーも付ける。ジムの設備はもちろん使い放題だ。君はひとりで戦うわけじゃないんだ。われわれができる限りの応援をする」

「そいつは心強いな……」

富臣は皮肉な口調で言った。

二宮はまったく気にした様子はなかった。

「今からＮＭＦの事務所へ行くんだ。三時に神代誠本人が待っているということだ」

富臣は逆らわなかった。今、ここで二宮を相手に何を言っても始まらないような気がしたのだ。

神代本人に会って話さなければ埒《らち》が明かない。

富臣は、何も言わず、出口に向かった。

「あなた、本当にうちの神代と戦うんですか？」

NMF広報担当の宇都木が、富臣の顔を見るなり言った。NMFの事務所にいた何人かの男女がいっせいに富臣のほうを向いた。

「そんなことができるはずがない」

富臣は言った。「あなただって充分にご存知のはずでしょう」

「……だが、『野見流』のほうではそう考えてはおられないようだ……」

「どういうことです？」

「『野見流合気拳術』は実戦的な武術だ。恰好《かっこう》だけの伝統武道やスポーツ武道とは違う。どんな場合でも必ず役に立つ——第三十九代『野見流』宗家、向井淳三郎先生はそう言われましたよ」

「宗家のところに連絡したというのか！」

思わず富臣は声を大きくしていた。宇都木は平然としていた。

「公式のコメントをいただくと同時に、『野見流』について詳しくうかがおうと思いましてね。団体のトップに話を通すのが筋でしょう」

「私は試合を受けるつもりはない」

　宇都木がかぶりを振った。

「おそらくそれは無理でしょう。神代はすでにＮＡＣの親会社のひとつであるスポーツ用品メーカーをスポンサーにつけてしまいました。それに、宗家の向井淳三郎先生は、『野見流』が敵にうしろを見せることはない、と言明しておられます」

「直接、神代さんと話をさせてください」

　宇都木が事務所の出口へ向かった。

「ジムであなたを待ってますよ。案内します。こっちです」

　富臣は事務所内の人間の視線を意識しつつ、宇都木のあとに続いた。


　汗のにおいに圧倒された。

　すさまじい熱気だ。人の体から発散された湿気が満ちている。

　ＮＡＣのアスレチック・ジムなどとは、根本的に汗の量が違う。

　レスラーたちは、黙々と練習をこなしている。指導者役の先輩レスラーの怒号が飛ぶ。

　気の弱い者は、その場の雰囲気だけで逃げ出してしまうだろう。

神代は沖田と五色の指導をしていた。

沖田も五色もバケツの水をかぶったように汗をかいている。

神代は容赦なくふたりを怒鳴りつけ、頰《ほお》に平手を見舞った。

富臣は自衛隊の訓練を思い出した。陸上自衛隊の訓練も半端ではない。

宇都木が神代のところへ行って声をかけた。初めて神代が富臣のほうを見た。

神代は、ひどくこわい顔をしていた。練習中の顔なのだろう。富臣を見たとたん、例の人なつこい笑顔を見せた。

神代は、愛想笑いを決してしない男だから、富臣に対して、ある種の、本物の親近感を抱いてると考えていい。

神代は首にかけたタオルで顔の汗をぬぐいながら富臣に近づいてきた。

「先日は世話になった」

富臣は挨拶《あいさつ》の言葉を抜きにして言った。

「神代さん。常識で考えてください。私みたいな男とあなたが戦えるわけがないでしょう?」

「本当にそう思うのか?」

「もちろん、思います」

「俺たちはそうは考えない。戦えるかどうかじゃない。問題は戦うかどうかだ」

「私はあなたたちの世界の人間じゃない」

「だが武道家だろう。あんたにとっての武道というのはその程度のものだったのか？」

「私は武道を生業としているわけじゃありません」

「ならば、今後『野見流』など名乗らんことだ」

「何ですって……」

「流派というのは、多くの先達が命懸けで築き上げたものじゃないのか？『野見流』を築き、伝えるために、実際に命を落とした先達もいるかもしれない。流派とはそういうものだ。だから、その流派を生業としていないから、いいかげんな気持ちでたずさわってもいい、などと考えているのなら、一切名乗らんほうが流派のためだ」

「いや……、人と武道というのはさまざまな関《かか》わりかたがあって然《しか》るべきなのです」

「それはわかっている。だが、あんたは、たまたま、流派の名誉を背負って戦う立場になった」

「あなたが勝手にそういう立場にしようとしているだけです」

「そうじゃない。あんたが沖田を投げ飛ばしたときに、あんたはその立場を担うことになったんだ」

「言いがかりにしか聞こえないな。私があのとき、沖田さんにやられてしまえば満足だったわけですか?」

神代はきっぱりとかぶりを振った。

「それは違う。はっきり言っておくが、俺はつまらん面子のためにあんたをつぶそうなどと考えているのではない。あんたが沖田を投げ、沖田の動きを一瞬にして封じたあの動き――それに格闘家としての純粋な興味があるんだ」

神代の口調は実に真摯《しんし》だった。格闘技家としての熱心さを感じさせた。

富臣はつい、無言で神代の話に聞き入っていた。

神代は言った。

「あんたは俺たちを化物のように感じているようだがそれは違う。俺たちだって人間なんだ。山のなかで蛇を切り刻んでいるとき、沖田がどうなったか見たろう? やつは恐怖のために度を失ったんだ。そして、やつはあんたに投げられた」

「普通の人間とは言えない」

富臣は言った。「普通の人間はスクワットを二千回もやって体を鍛えたりしていない」

「見せるためにはそれくらいの体が必要なんだ。派手な技を使い、それをリングで見せ、金を取るためにはそういう体が必要だ。だが、戦うためだけだったら事情は変わってくると思う。

アメリカでは若い下っ端のレスラーが仕事を失わないために筋肉増強剤を打つ。そうやって体格を維持しないと、リングに上がって金を取ることができなくなるからだ。だが、筋肉増強剤を打つと眠れなくなる。そこで睡眠薬を飲む。薬はどんどんエスカレートしていき、やがてレスラーの体はぼろぼろになる。そうして死んでいくレスラーが何人もいるんだ。もし、俺たちの体だけを見て恐れているのなら、そういう側面もあるのだ、ということを理解しておいてほしい」

「だがタフであることは間違いない。特に、あなたは……」

「問題はルールだと思う。もちろん、相手が素人のあんたなのだから、ＮＭＦのそのままのルールが適用できるとは思っていない。俺は格闘のプロだ。だから、この時点ですでにハンディがある。ルール上で、あんたに少しでも有利にすべきだと考えている」

にわかに話が現実味を帯びてきたように、富臣には感じられた。つまり、神代は本気であり、あらゆる可能性をちゃんと考えていることがわかり始めたのだ。

　富臣が黙っていると神代がさらに言った。

「俺の格闘技家としての眼を信じてほしいが、あんたは自分の実力を過小評価していると思う。俺は決して無茶なことは言っていないつもりだ。現に、あんたは、うちの若手を一瞬にしておさえつけちまったんだ」

　富臣はしばらく黙っていた。神代も何も言わなかった。神代は富臣が何か言うまで黙っているつもりのようだ。

　長い沈黙だった。練習場に、若手たちの気合いや、先輩の叱咤《しった》の声、リングがきしむ音などが響く。

　やがて富臣が言った。

「本当に、私が戦えると思いますか？」

「俺はナンセンスなことに時間や労力を割くほど暇じゃない」

　富臣はまた考え込んだ。

　神代が言った。

「俺にはわかる。あんたは、本当は戦いたいと思ってるんだ。あんたはそういう人だ」

富臣は言われて驚いた。不思議なことに神代の言うとおりだと思った。

富臣は言った。

「……もう逃げ道はないようですね」

神代は満足げにうなずき、かたわらにいた宇都木に言った。

「おい。記者会見の準備だ」

9

NMFで記者会見が開かれた。集まったのはプロレス専門誌の記者が多かったが、スポーツ新聞の記者が会見のイニシアティブを握っていた。

神代誠は、富臣を紹介し、富臣は『野見流合気拳術』の説明をした。

記者たちの質問は、なぜまったく無名の、しかも格闘技のプロではない男と神代ほどのレスラーが戦わなければならないか、という点に集中した。

神代はこたえた。

「かつて常識でないことが、今日では常識になっている。メキシコのルチャ・リブレが、ミル・マスカラスによって紹介されたとき、日本のリング界に定着するとは誰も思わなかった。しかし、その後、タイガーマスクを始めとする多くのレスラーが空中殺法を得意とするようになった。

この例を見てもわかるとおり、プロレスはすべてを受け入れて進化していく。現在、多くの空手家がプロレスラーとともにリングに上がっている。これも十年まえには考えられなかったことだ。

さらに、何人かのレスラーは骨法という伝統武道を取り入れている。このように、プロレスは、あらゆる格闘技に可能性を求めていくべきだと自分は考えている。

NMFの方向性はそこにある。そして、今回、自分は富臣氏に出会い、日本の古武道のなかに、豊かな可能性を発見したのだ」

記者たちは、明らかに当惑しているようだった。

当然だ、と富臣は思った。

試合をやる本人が、ひどく当惑しているのだから――。

試合は、次のNMFのロードの終了を待って行なわれることになった。三か月後の予定だ。

これは、富臣にとってはありがたいことだった。

三か月あれば、何とか体を格闘技向けに鍛え直すこともできると富臣は考えた。

もちろん、神代はその点も考慮していた。そして、神代はプロモーターとして、もうひとつの点を考えていた。

三か月の期間があれば、富臣と『野見流』の名を売ることは不可能ではない。つまり、神代は、まったく無名の素人と試合をするわけではなくなるのだった。

富臣のマネージメントはＮＡＣが引き受けた。

情宣担当兼マネージャーは二宮だった。二宮がくる日もくる日も自分に付きまとうことについて富臣は不満がないではなかった。

しかし、富臣は二宮の手腕を認めていた。彼はすぐれたマネージャーだった。

事実、記者会見の翌日から、取材申し込みが次々と入り始めたが、二宮は、富臣のトレーニングに支障がないように、見事にさばき続けていた。

ＮＡＣと親会社のスポーツ用品メーカーは三か月間、富臣の全面的な支援体制を敷くことにした。

経済的な面に関しては、ＮＡＣの社員並の給与を保証することになった。

ジムなどのトレーニング設備は使い放題。NACの施設でメディカル・チェックも常に受けられるようになっていた。

また、トレーナーとして、富臣が必要と思った人物を指名すれば、NACと親会社が交渉に当たり、その費用もすべて負担してくれるという。

富臣は、いよいよ後に退《ひ》けなくなったのだ。

取材は、もちろんスポーツ新聞や、プロレス、格闘技関係の雑誌の記者が主だが、テレビのワイドショーのレポーターが、おもしろ半分に取材にやってきたりした。

二宮は、宣伝のためにそうしたレポーターもどんどん受け入れたが、富臣は、ひたすら彼らのまえでも汗を流し続けた。

二宮が注意した。

「もっとリップサービスをしてくれなくては困る」

富臣はこたえた。

「プロレスラーと戦うはめになった哀れな男を、茶化し半分でインタビューに来る。私の立場になったら、とても愛想よくなどできないことがわかるはずだ」

「ならば、永遠にわからないな。私は君のような立場になることなど絶対にないからな」

「いいことを教えようか。つい先日まで、私もそう考えていたんだ」

さまざまな格闘技関係者からのラブコールも相次いだ。

だが、大半は、このチャンスに自分も名を売ろうとするような連中だった。

二宮と富臣は、こうした申し入れに対して慎重に対処しなければならなかった。

ある日、フルコンタクト系空手の会派事務所から電話があった。

源空会という会派で、フルコンタクト系空手の草分けのひとつだ。

二宮が電話に出ると、相手は、「うちの総師がお会いしたいと申しております」と丁寧に言った。

源空会の総帥は高田源太郎といい、すでに六十歳を過ぎている。フルコンタクト系空手の世界では伝説の巨人だ。

二宮がそのことを富臣に告げると、富臣はたちまち興味を持った。

高田源太郎は若いころに、アメリカでプロレスラーと戦い、連勝したという実績を持っていたからだ。

彼のアドバイスは、必ず参考になるはずだった。富臣は、会いに行こう、と言い、二宮はそれを源空会に伝えた。

源空会本部は立派なビルだった。

空手の道場でこれだけのビルを持っている会派はほかにない。それだけ、人気があることを物語っている。

一階が道場になっており、二階には会議室や門弟の研修施設、トレーニング・ルームがあった。

事務室と総帥の部屋は三階にあった。

二宮が受付に来意を告げると、三階ではなく一階の道場で待つように言われた。

富臣と二宮は言われたとおりにした。板張り道場には神棚があり、そのまえに指導員が立っていた。

「こういうところでは正坐《せいざ》をして待つものだ」

富臣が言ってすわった。

二宮は閉口したようだが、富臣に倣《なら》った。彼は怨《うら》みがましくつぶやいた。

「郷に入れば郷に従え、か……。しかし、呼びつけておいて迎えにも出ず、道場で待たせるとは、あまりに失礼じゃないか……」

「しかたがない。相手は大物だ」

「大物っていうのは人格者だと思っていたがな……」

富臣は稽古を眺めていた。

フルコンタクトというのは、要するに殴り合いだ。

もともと打たれ強いタイプや向こうっ気が強い選手が得をする。

稽古は最終メニューの自由組手に移った。

打たれようが蹴られようが、とにかくがむしゃらに突きを出し合う。

突きはフック気味だ。相手の防御をかわしながらパンチを当てようとすると、どうしてもフックになる。

あばらのあたりを狙《ねら》うことが多い。

とにかく、間合いなどというものはなく、相手にパンチやキックを叩き込むことしか頭にないように見える。

体は柔軟で、上段の回し蹴りや、後ろ回し蹴りを多用していた。

ルール上突きによる顔面攻撃が禁止されているので、ノックアウトを狙うなら、足で頭部を狙うしかないのだ。

「稽古やめ！」

指導員が号令をかけた。「総師に礼！」

門弟たちは、その場でいっせいに出入口のほうを向いて、「オス」と言った。

空手家はこの「オス」を押忍などと当て字してありがたがっているが、あまり美しい習慣ではないと富臣は感じていた。

普通の挨拶をちゃんとできるほうが、ずっと立派な態度に決まっているのだ。

高田源太郎が、出入口から現れた。

五十がらみのおそろしく人相が悪い男を従えている。

その男は、いわゆる角刈りで、髪には白いものが混じっていた。

源空会では客よりも総師への礼儀を重んじるようだと富臣は思った。

高田源太郎は富臣のほうを見た。

富臣は立ち上がり、礼をした。

高田源太郎は鷹揚《おうよう》にうなずくと、指導員に向かって言った。

「一同を退かせなさい。関根二段に組手の用意をさせるんだ」

指導員が関根の名を呼んだ。

大柄の男が歩み出た。たいへん体格がいい。道衣の上からも発達した大胸筋や広背筋がはっきり見て取れる。

高田源太郎が言った。

「富臣竜彦くんというのはどちらかね？」

挨拶もなしだった。だが、そこは高田源太郎の道場だ。富臣は素直に返事するしかなかった。

「私です」

高田総帥はうなずき、無遠慮に富臣を頭のてっぺんから爪先《つまさき》まで眺めた。

「関根二段は、わが源空会の大会で準優勝したことがある。体格は見てのとおり、レスラーにも引けを取らない。相手をしてみなさい」

「ちょっと待ってください」

二宮があわてて言った。「私たちは話をしに来ただけですよ」

高田総帥はまったく取り合おうとしなかった。

「早くしなさい」

「冗談じゃない。こんな扱いを受けるいわれはない、富臣くん、帰るぞ」

二宮は出入口に向かおうとした。

人相の悪い角刈りの男が、二宮のまえに立ちはだかった。

「何だ君は？」

二宮が言うと、相手は名乗った。

「源空会師範、内田昇。総帥の言葉に従っていただく」

富臣は高田総帥を見た。高田は、まったく富臣や二宮の言い分など眼中にないようだ。

彼はもう一度、富臣に言った。

「時間が惜しい。早くしなさい」

二宮が富臣に言った。

「言いなりになることはない。これは不法な監禁だ。訴えてやる」

富臣は正直にいって頭にきていた。

源空会の大会というのは、過激さにおいてはプロレスにも劣らないといわれている。

その大会で準優勝したとなると、怪物に近い強さに違いなかった。源空会の大会でそこまで行くということは、稽古の虫であることも意味している。

一年中、毎日、何時間もの稽古をこなしているはずだった。

つまり、半端ではないということだ。関根というのはそういう相手だ。

ここでやり合ったら、五体満足では済まないかもしれない。

だが、富臣は逃げ出す気にはなれなかった。高田源太郎の態度に腹が立っていた。

それに、どう考えても逃げ出せる状況ではなかった。

「二宮さん。やるしかないようだ」

富臣は言い、背広を脱いだ。ネクタイを外し、靴下も脱ぐ。

二宮は言った。

「よせ。これは私刑《リンチ》だ」

富臣は道場の中央に歩み出た。

近づくと、さらに関根は威圧感があった。一九〇センチ、一〇〇キロはありそうだった。

しかも、その巨体は見事にひきしまっている。

体格もそうだが、顔つきが威圧的だった。凶悪といっていい面構えで、眼光が鋭い。

富臣は自分が震えているのに気づいた。富臣は、一七五センチとまずは平均的な身長で体重は七〇キロしかない。

関根と向かい合うと、ひどく自分の体格が頼りなく感じられた。ただでさえ、戦う相手というのは大きく見えるものだ。

富臣の震えはさらに激しくなってきた。恐怖のために舌の上が乾いていく感じがした。喉の渇きに似た寂寥《せきりょう》感を覚えた。

風景が現実味を失った。

相手の関根だけが視界のなかでクローズアップされている。その他のものは眼に入らない。

「始め！」という声がどこからか聞こえた。指導員が号令をかけたのだった。

関根はアップライトスタイルで構えている。両手を高くかかげ、上段の回し蹴りから顔を防御しているのだ。

そのまま、体をゆすりながら近づいてくる。

富臣は完全に取り乱していた。恐怖のために身がすくんで動かない。

関根は左右のパンチを繰り出した。

富臣は左をかろうじてさばいたが、続く右を胸にしたたかくらった。

苦痛は胸にではなく腹のほうに広がった。息ができない。

横隔膜が衝撃のため、収縮しているのだ。

鳩尾《みずおち》を突かれたり蹴られたりしたときと同じだった。

「止め！」

指導員が言った。「技あり」

源空会ルールでは、相手のダメージによって技ありか一本かが決まる。ダウンすれば一本だ。その他、相手が完全に戦意を喪失した場合も一本となる。

富臣と関根は試合開始線に戻された。

そのとき高田源太郎が言った。

「いちいち止めんでもいい。どちらかがギブアップするかダウンするまで続けろ」

指導員は、驚いたようだが、言うとおりにするしかない。

富臣はその言葉を聞いて、残忍な気分になった。

徹底していたぶる気だな。それならこちらにも戦いかたがある——彼はそう思っていた。

再び「始め」の声がかかる。

富臣は急に落ち着いてきた。胸に一発くらったのがよかったようだ。

関根のパンチはクリーンヒットしたはずだ。それなのに、富臣は血反吐《ちへど》を吐くわけでもなければ、あばらを粉々にされたわけでもなかった。

源空会に対する幻想があり、それが恐怖を作り出していたことに、今、富臣は気づいたのだ。

源空会はマスコミを利用して、派手な試し割りをデモンストレーションする。

だが――と富臣は思った。――私は瓦《かわら》でもブロックでもなければ、氷柱でもない。

そして、試し割りというのは、見かけよりも割れやすいものであることを富臣は知っている。

富臣は、さきほどの組手の練習風景を思い出していた。

源空会の選手は、一般的に言って、間合いに無頓着《むとんじゃく》なようだ。

古武道では、たいてい、間は魔に通ずというくらいに間合いを大切にする。

間合いというのは剣などの得物によって培われたのだ。一寸の違いが生死を分かつのが剣の世界だ。

当然、間合いにも厳しくなる。殴り合いに間合いはあまり関係ない。

殴り合いにおいては、間合いとリーチがほとんど同義語になる。

間合いで相手の技を殺す、などということはあまり必要ないのだ。

パワーとスピードをひたすらトレーニングすれば勝つことができるからだ。

関根はやはり、さきほどと同様に、威圧しながら近づいてきた。

ちょうど一足長くらいずつ近寄ってくる。

富臣はほとんど動かなかった。

関根は、いきなり、下段の回し蹴りを出した。

下段回し蹴りはきわめて強力な技だ。

決まればかなりの確率でダウンが取れる。蹴られたほうは、足が言うことをきかなくなってしまうのだ。

富臣は退がらなかった。咄嗟《とっさ》に蹴りが来るほうに膝《ひざ》を向け、すり上げるようにした。

これはローキックに対する防御としては最も有効な方法だ。

ブロックすると同時に、うまくすれば、蹴ったほうの足を痛めることができる。

だが、さすがに源空会大会準優勝経験者だ。すねを徹底的に鍛えているようだ。

富臣は丸い丸太で殴られたような気がした。

関根は、ローキックから、ワン・ツーにつないだ。

ワン・ツーはフェイントであることがすぐにわかった。

本当に当てにくるときと、そうでないときのモーションが違うのだ。

富臣は上段の蹴りを読んだ。

思ったとおりだった。関根は、スピードがあり、なおかつ体重の乗った上段回し蹴りをフィニッシュに持ってきた。

いくらすさまじい蹴りでも読んでさえいれば恐ろしくはない。

富臣は大きく一歩前に出た。同時に左肘を突き上げた。肘には右手をそえて、補強していた。

富臣の肘は、ちょうど、関根の膝のあたりを持ち上げる恰好になった。

関根はたちまちバランスを崩した。いくら体重があっても関係ない。もともと二本足歩行というのはきわめて不安定だ。蹴りのときは一本足になるのだから、さらに不安定なのだ。

富臣は容赦なく、ボウリングの玉を投げるような恰好で金的を打った。上段回し蹴りの恰好は、金的を打ってくれと言わんばかりだ。

関根は、蹴り足を突き上げられ、さらに金的を打たれて、そのまま崩れ落ちそうになった。

関根の顔が目の前に見えた。すうっと上から下へ流れていく。

その顔面めがけて富臣は肘を水平に振った。富臣の肘は関根のこめかみに決まった。

ひとたまりもなかった。肘打ちは、接近戦においては頭突きと並ぶ最大の武器だ。

関根はどすんと床に尻《しり》をつき、そのまま大の字に倒れた。

関根は眠った。

10

富臣は関根を見降ろしていた。

山中でNMFの沖田を投げ、喉《のど》を決めたときと同じことが起きていた。

勝負は相手の攻撃に合わせた一瞬で決まった。

そして、その一瞬に自分が何をしたか、富臣にはわからなかった。

ただ、関根の巨体が長々と横たわっているところを見ると、自分はきっと残忍なことをしたに違いないと、富臣は理解はしていた。

関根ほどに鍛え上げた男は簡単に昏倒《こんとう》したりはしないはずだった。

指導員がそっと関根の様子を見た。

「動かすんじゃない」

高田源太郎が言った。「目を覚ますまでそっとしておくんだ。もし、一時間以上意識が戻らんようなら病院へ運べ」

指導員はうなずいて見せた。

「心得ております」

富臣は、はっとした。

道場内に満ちる殺伐《さつばつ》とした雰囲気に気づいたのだった。

門弟たちが、全員富臣を見ていた。友好的な眼差《まなざ》しではない。

富臣は、自分がかなり危険な技を使ったことを、周囲の眼から悟った。

二宮の言うとおり、私刑《リンチ》にあう可能性もある。

富臣は二宮を見た。

二宮は、つまらなそうな表情をしているように見えた。

その目はほとんど半眼といっていい。

彼は開き直っているのだ。

嫌なやつだが、度胸はすわっている——富臣はそう思った。

富臣はうかつに動けず、ほぼ道場の中央に立ち尽くしていた。

いざとなったら、何人か道づれにしてやる。富臣はそこまで考えていた。考えずにはいられない状況だった。

道場のなかはいつしか凍りついたようになっていた。

動こうとする者も、声を出す者もいない。

その張りつめた状態がしばらく続いた。

やがて、ただひとりだけ動き始めた者がいた。

彼はゆっくりと富臣に近づいていった。

高田源太郎だった。

彼は、富臣に右手を差し出した。

富臣にとってはまったく思いがけない行動だった。

富臣はその手をぼんやり見つめていた。が、やがて彼はその手を握っていた。

ふたりは握手を交わしていた。

「源空会会長の高田源太郎です。よく来てくださいました」

富臣はどういうことなのか理解しかねていた。彼は二宮の顔を見た。

二宮も訳がわからない、といった顔をしている。

高田源太郎はさらに言った。

「さ、会長室へご案内します。こちらへどうぞ」

道場内の殺気は、一瞬にして消え去っていた。

門弟たちは、富臣が高田総師の客であることを知ったのだ。


三階の会長室ではゆったりとしたソファをすすめられた。

高田総師は、大きな両袖《そで》の机にすわった。ソファの向かい側には、師範の内田がいる。

内田の人相が悪く見えたのは、多分に状況のせいだったのだろうと富臣は思っていた。

ひどくいかつい顔ではあるが、あらためて見ると悪人の相ではなさそうだった。

高田源太郎が言った。

「さぞかし気分を害されたことと思う。非礼をお詫《わ》びする」

こたえたのは二宮だった。

「いったい何が起こったのか、私にはまだ理解できないのですがね……」

高田総師と内田師範が顔を見合った。

心なしかふたりはうれしそうな顔をしているようだった。

富臣は、高田源太郎を見ながら、二宮に言った。

「私がこの人たちのテストに、何とか合格した、ということだ」

「テスト……？」

「そう。おそらく、私の腕など信用していなかったのだろう。もっとも、その点については、私自身も大差ないが……」

高田源太郎はかぶりを振った。

「そう取られてもしかたがないが、決してあなたの腕を信じなかったわけではない。ただ、私は、いろいろなことを知っておきたかった」

富臣は訊《き》き返した。

「いろいろなこと？」

「そう。どういうふうに戦うのか？　どのくらいの実力があるのか？　どのくらい残忍になれるのか？　どの程度、肝がすわっているのか？　そして、本当に強いのか……」

「やっぱり信用していなかったのだ」

「確かめたかっただけだ」

今度は二宮が尋ねる。

「それで、有名な源空会の会長の眼にはどのように映りましたか？」

「悪くないように思う」

「それだけですか？」

「それで充分だ。私は、場合によっては試合を止《と》めようと思っていたのだ」

富臣が言った。

「止めてください。私も、やめられるものならやめたいんだ」

「世のなかには、戦うことを運命づけられた男たちがいる。私は長い格闘技人生でそれを学んだ。そういう男たちは、自分が望むかどうかは別として、いつしか戦いには巻き込まれるものだ。そして、その男たちは、戦うことが間違いなく好きなのだ」

「では、私はその男たちのなかに入らないな……」

「そうだろうか。私の眼には、あなたは私たちの仲間のように見えるのだが……」

「私は戦うことなど好きじゃない」

「おそらく、ご自分で気づいていないだけだろうと思う」

富臣は不思議な気分になった。

以前、神代にも同じようなことを言われたような気がしたのだ。

神代は確か、こう言ったのだ。

「あんたは、本当は戦いたいと思ってるんだ」

そのとき、神代が言っていることが当たっているような気がした。

今、同様に、高田源太郎が真実を見抜いているように思えてきたのだった。

「もし、そうだとしても、それがどれほどの意味を持つのだろう？」

「大切な資質だ。例えば、生き残るためならどんなことでもやろうとするのは本当に大事なことだ。あなたは、ためらわず残忍ともいえる技を使った。ああしないと、おそらくあなたは、けがをしていたろう」

富臣は急に気恥ずかしさを覚えた。

彼は二宮を見た。

二宮も富臣を見返したが、何もわかっていないようだった。

富臣は正直に言った。

「私は、何をしたのですか？」

「ん……？」

高田源太郎は、怪訝《けげん》そうな顔をした。

「実を言うと、私はいったいどうやって勝ったのか覚えていないのです」

一瞬、無言の間があった。

高田源太郎と内田師範は顔を見合わせ、それから笑い出した。

高田源太郎はひとしきり笑ってから言った。

「これは失礼……。だが、あなたが、あまり正直なもので……。いや、どうやって戦ったのかまるで覚えていないということは、私もしょっちゅう経験したことだ。それだけ必死になっているということだと思う」

「私は、そんなに残忍な技を使いましたか？」

「まず、蹴《け》りに対し、金的打ちをカウンターで入れた。相手の回し蹴りを崩し、振り猿臂《えんぴ》を、こめかみに叩《たた》き込んだのだ」

富臣は聞いていてぞっとした。

関根二段が昏倒するのも当然だと思った。

「相手のかたはだいじょうぶですかね？」

富臣は、本気でそう尋ねていた。高田総帥は言った。

「心配いらない。わが源空会では、脳震盪《のうしんとう》でぶっ倒れることなど珍しくはない。あの関根二段は、将来指導員になろうという男だ。あの程度のことはどうということはない。ともあれ、あなたが勝ったというのは事実で、それは重要なことだ。咄嗟《とっさ》にあれだけの技を相手にぶち込めるのは、本物であるという証拠だ」

「急所攻撃など反則だという見方もあると思いますが……」

高田源太郎はきっぱりと首を横に振った。

「急所攻撃こそが武道の技だよ。でなければ、われわれは、ウエイトがあって若い者には永遠に勝てないことになってしまう」

「ほう……。あなたたちフルコンタクト系空手の流派では、ウエイト、パワー、スピード――この三要素だけが大切なのだと思っていました」

それを聞いて、高田源太郎はほほえんだ。凄味《すごみ》のある笑いだった。

「鍛えるべき人間は、鍛えておるよ。それだけ言っておこう」

「なるほど……」

二宮がしびれを切らしたように、尋ねた。

「それで、富臣にはアドバイスをしてくれるのですか？」

高田源太郎は二宮を見てうなずいた。

「当然、そのつもりです」

「彼は、神代誠に勝てますか？」

高田源太郎は、富臣に眼を移した。

彼は尋ねた。

「そうだな……。体重は、現在どのくらいだね？」

「七〇キロ」

高田源太郎は、かぶりを振った。

「体重を増やさなければだめだ。死ぬ気でたくさん食べ、ウエイト・トレーニングをやるのだ。ウエイト・トレーニングによって、大きな筋肉――つまり、大胸筋、広背筋、大臀《だいでん》筋、そして大腿《だいたい》部にあるさまざまな筋肉などを増やすのだ。それが、最もいい体重の増やしかただ」

「体重を増やす……」

「私は若いころ、アメリカでプロレスラーたちと戦った。ごらんのとおり私は大柄なほうだ。当時八〇キロはあったかな……。それでも、リングに上がるために、さらに一〇キロ体重を増やしたものだ」

「体重はそれほど大切ですか？」

「私に言わせれば、戦うための前提条件のようなものだ。技でかわし、技で攻めるのが格闘技や武道だと主張する人々がいる。だが、いいかね。最初っから力負けしていては勝負にはならんのだ。特に、リングというのは、逃げる場所も隠れる場所もない。自分の体だけが頼りだ。身長は今さら増やすことはできない。ならば、せめて体重を増やし、筋力をつけるべきだと私は思う」

「わかりました」

二宮が言った。「さっそく、トレーニング・メニューにウエイト・トレーニングを入れましょう」

「それも中途半端なものはだめだ。持ち上がらないくらいの負荷を毎回上げ続けるのだ」

「しかし、それは……」

二宮は、れっきとしたスポーツ・インストラクターのひとりだ。ウエイト・トレーニングの理論も知っている。

無茶なトレーニングは百害あって一益なしだということを耳にたこができるほど教わっ

ていた。

高田総師は、すべてわかっている、といった顔つきでうなずいた。

「承知のうえで無理をするのだ。素人や初心者に無理をさせてはいけないことは誰でも知っている。だが、あるレベル以上の人間は、無理に耐えられるものだ。たった三か月で体重を増やし、なおかつコンディションを調整するためには、その方法しかない」

「やってみよう」

富臣は言った。「貴重な経験から生まれたアドバイスだ」

「そして、プロレスラーのことはプロレスラーに訊くことだ」

「……だが、どうでしょう……。私はプロレス界全体を敵に回したのではないかと思っているのです。協力してくれるプロレスラーなどいないと思うのですが」

「プロレスといっても、必ずしもひとつにまとまっているわけじゃない。このチャンスに神代誠に取って代わろうというレスラーがいても不思議はないと思う」

「なるほど……」

富臣は二宮の顔を見ながら言った。

二宮は小さく片方の肩をすくめて見せただけだった。

「そして、大切なのは、プロレスラーのアドバイスを参考にしながらも、最終的な戦いかたの決定は自分でしなければならない、ということだ。決して、プロレスラーに戦いかたを合わせるようなことはあってはならない。あくまでも自分の得意な方法で戦うのだ」

富臣は、小さく溜《た》め息《いき》をついていた。

「私は森林のなかのゲリラ戦なら得意なのですがね」

「ならば、最後まで戦いの場所を森林内に設定するように交渉を続けることだ」

高田総帥はきわめて真剣な表情で言った。

「つまり、戦いというのはそういうものだということだ」


ＮＡＣで、集中訓練が開始された。

マシン・インストラクターが、専属でひとり付いた。

富臣は、本格的にマシン・トレーニングをやったことがなかったので興味を覚えた。

「あまり無茶をしても、上質な筋肉はつきませんよ」

マシン・インストラクターは、富臣と二宮に言った。

二宮がこたえた。

「素人じゃないんだ。わかっているよ。だが早いうちにあと一〇キロ、ウエイトを増やさなきゃならないんだ」

「本当は無理な負荷を与えるより、腕立て伏せ《プッシュ・アップ》やスクワットといった、自分の体重を利用した運動が理想的なんですがね」

二宮は冷淡に言い放った。

「そこが君の腕の見せどころだ。見事な筋肉がつくように、メニューを作るんだ。これは、単なる依頼ではない。命令だ。わかったな」

マシン・インストラクターは、たくましい肩をすぼめて見せた。

ポロシャツを通して、上半身の筋肉の動きがよくわかった。

「何とかやってみますよ」

彼は、パソコンが置いてあるオフィスのほうへ向かった。

マシン・インストラクターがいなくなると富臣は二宮に言った。

「知ってるか？　あんたのああいう言いかたが嫌われるんだ」

「嫌われることを恐れる人間に大きな仕事ができるはずがない」

「小さなことで嫌われる必要はない」

「君は私が嫌いなのか？」

「以前はそうだった。あんたが、私のマネージメントをやると聞いて、正直、うんざりした。だが、しばらくいっしょにやってみると気が変わった。今は、それほど嫌いじゃないな」

「ならば何も問題はない」

二宮はそっけなく言い、事務所に戻った。

ひとりトレーニング・ルームに取り残された富臣は、油圧シリンダー式のマシンでベンチプレスを始めた。

マシン・トレーニングははたで見るよりもこたえる。

大きな負荷を体に与えるため、初心者が急に行うと、肉ばなれなどの障害を起こすこともある。

そのあと、カールやバタフライなど各種の運動をやり、それを一セットとして何セットか繰り返すのだ。

二セット目に入ったとき、事務所から二宮が駆けてきた。

「坂井《さかい》源治《げんじ》から留守中にメッセージが入っていた。できることがあれば協力する、という内容だった。今、連絡を取ったら、こっちへ来てくれるということだ」

富臣も坂井源治という名は知っていた。

かつて神代誠がいたプロレスのメジャー団体から、やはり独立して坂井軍団を旗上げしたレスラーだった。

神代誠の先輩に当たり、すでに四十を過ぎているはずだ。

彼は今はやりのキックや空中殺法などは一切使わない。

正統的なレスリングの技に精通しているということだった。

坂井源治が使いこなす技の数は千とも二千ともいわれている。

そのほとんどが関節技だった。

レスリングの技の基本は関節技だ、というのが坂井源治の持論のようだった。

何かを決意すれば、物事というのはある方向に転がっていくものなのかもしれない、と富臣は思い始めていた。

夕方五時に、坂井源治が若手レスラーらしい男をひとり連れてＮＡＣの事務所にやってきた。

二宮はそつなく挨拶《あいさつ》し、富臣を紹介した。

坂井源治はテレビなどで見るより老けて見えた。だが、やはり体は大きい。テレビの画面では、他のレスラーに比べてそれほど大きくは見えないが、実際には一九〇センチ、一〇〇キロあるのだった。

彼は、まるでなめし革のような感じの顔をしていた。こわもてするタイプの顔で、街中ではあまり出っくわしたくないと富臣は思った。

坂井源治は、富臣を見ると、独特の表情で笑った。

彼は言った。

「プロレスラー相手に喧嘩《けんか》するなんざ、いい度胸してるよな」

富臣はひるまなかった。

ここでなめられたら、学べるものも学べなくなってしまう。

彼はうなずいた。

「わかってる。だが、試合を申し込んだのは私のほうじゃない。私は断ったんだ。あなたは、そんなこと言うためにわざわざここに来たのか?」

「そうじゃねえよ」

坂井は、相変わらず笑い続けている。「度胸があってけっこう。気に入ったと言いたいんだよ。さ、時間が惜しい。具体的な話を始めよう」

富臣はうなずいた。

「ご協力、感謝するよ」

11

「リングが必要だ」

坂井源治は言った。「戦いの場所に慣れておくのは大切なことだ。リングというのは上がってみるとわかるが独特の雰囲気があってな……」

二宮は難しい顔をしていた。

富臣はそれに気づき二宮に尋ねた。

「問題がありそうだな?」

「どうしてそんなあたりまえのことに最初から気づかなかったんだろう。リングを用意することなど、誰も考えていない」

坂井源治が言う。

「場所さえありゃ、リングの一セットくらい何とかなると思うぜ」

「その場所がないんです」

二宮が坂井に言った。「ごらんのとおりのアスレチック・ジムです。リングに割く場所はないんです。強引にリングを設置するとなったら、トレーニング・マシンを運び出すか、事務所の机をすべて取っ払うかしなければなりません。だが、それはＮＡＣの経営を維持するうえで不可能なのです」

「リングというのは、そんなに特別なんだろうか？」

富臣は尋ねた。

坂井源治はうなずいた。

「特別だ。まず観客席より一段高いということで、上がったとたんに高揚するし緊張する。つまりたいていのやつはあがっちまう。まず、その点を克服する必要がある。そして、一番の曲者《くせもの》はロープだ。リング経験のない者は、ロープに囲まれていることで、まず閉塞《へいそく》感を感じる。それが疲れを早める。疲れてくると心理的な影響は大きい。さらに、だ。ロープワークなんてェ言葉があってな。うまいレスラーはロープを利用する」

「ロープに投げておいて、はね返ってくるところを攻撃する？」

富臣は他意なく尋ねたのだが、坂井は皮肉に受け取ったようだった。

彼は、例の凄味のある笑顔を見せた。

「あんた、俺《おれ》たちや神代の試合、見たことないな」

「いや、後楽園でＮＭＦの試合を見ている」

「なら、今どきのレスラーが、ロープの反動を利用して技をかけるようなちんたらしたことはやっていないのを知っているはずだ」

言われてみるとＮＭＦのレスラーで、そんなまねをする者はひとりもいなかった。

富臣は素直に言った。

「すまない。気にさわったのならあやまる。子供のころよく見ていたプロレスを思い出したんだ」

「気にさわったことは確かだが、まあ、気にするな。お互い、言いたいことは言ったほうがいい。あんたの言ったことは間違いではないのだしな。この俺だって、かつては、そういうプロレスをやっていたんだ。あのロープの反動というのは、実のところばかにできないんだ」

「そうなのか？」

「投げつけられて素直にはね返っていくようなやつなどいないと思うだろう？　だが、かなりグロッキーになっていて、ロープに叩きつけられると、ほとんど抵抗できず、はね返されちまう」

「聞いてみないとわからないもんだ……」

「さらに気をつけなければならないのは、ロープの反動よりも固さだ」

「固さ？」

「ロープはぎちぎちに張ってある。思ったよりずっと固いんだ。もし後ろ向きに倒され、ロープに後頭部など打ちつけたら、脳震盪を起こす」

「ほう……」

「そして、身の軽いレスラーはコーナーポストへ上がってそこから攻撃してくる。一〇〇キロの巨体が、もろに頭上から降ってくるんだ。この恐ろしさもテレビなんかじゃわからない」

「しかし、神代誠は空中殺法を使うタイプじゃない」

「つまり、ロープというのは、それくらいに面倒なものだということだ。そしてたいていのプロレスのルールでは、ロープはグランド技の逃げ道になっている。これを忘れちゃいけない」

「覚えておこう」

「体で覚えなきゃだめだ。例えば足を決められそうになる。そのときに、咄嗟に、手がロープにできるだけ近くなるように体を入れ替えなけりゃならん。首や腕を決められそうになったら、足がロープに近づくように、さっと体を動かすんだ。これだけでギブアップの確率はかなり減る」

「なるほど……」

「あとひとつ。リングには独特のクッションがあってな……。投げを打つと激しく震動するんだが、あれがかなりショックを吸収してくれる。投げられたときにその点は有利に感ずるだろうが、投げるときを考えると、それほどありがたくはない。投げても投げても決め技にはならない。だから、俺は、レスリングの技は関節技が中心だというんだ」

「リングが練習にどうしても必要なことはわかった」

富臣は言った。「だがＮＡＣで用意できない事情もわかる」

「しょうがねえな……」

坂井源治は言った。「うちのリングを使ってくれ」

「おたくの……？」

二宮は思わず訊き返していた。「つまり、坂井軍団の……？」

「そのつもりはなかったがな……。乗りかかった舟だ、しょうがねえだろ……。ここは六本木《ろっぽんぎ》だ。うちのジムは五反田《ごたんだ》のきたねえ貸しビルんなかだ。それでもいいんなら使ってくれ」

「それはありがたいが……」

富臣は、さすがに少し薄気味が悪くなってきた。

「どうしてそこまでしてくれるのかな？」

「言ったろう。乗りかかった舟だって……」

「いや、そもそも、私に協力しようと考えたのはなぜなんだ。あなたは人一倍、プロレスというものにこだわるタイプに思える。なのに、プロレスの側ではなく私の側に付こうとしている」

「プロレス界における個人的思惑というものがあってな。それが微妙にからんでいる――どうだい、こんな説明で」

「あんたが、神代誠と対立している、ということか？」

坂井はきっぱりと首を振った。

「対立しているやつなら、あんたの味方はしない。自分で神代の首を取らなきゃならないんでな……」

「では、どういうことなんだ」

「俺はやつの先輩だが、やつのことをおおいに認めている。今のところ、団体が分かれてしまって、同じ興行を打つことはできんが、俺はやつのライバルでい続けたいと考えているわけだ。これは、直接、俺が戦うわけではないが、いい機会だったというわけさ。悪いが、あんたを利用させてもらおうと考えたんだ。これは、あんたを通しての、俺と神代との戦いでもある。ライバルは相手に試練を与えなければならん。俺は、やつに楽な試合はさせないぜ」

二宮は尋ねた。

「では、試合当日も、セコンドに付いてくれるということですか？」

「もちろんだ」

「こいつはいい」

二宮は言う。「これは話題性が増えた。無名の武術家じゃぱっとしなかったが、セコンドに坂井源治が付くとなれば、プロレス・ジャーナリズムも盛り上がる」

　富臣は二宮に言った。

「あんた、この際、本当にプロレス界のマネージャーにでも転向したほうがいいんじゃないのか？」

「君は、坂井さんがトレーニングに付き合ってくれて、セコンドにまで付いてくれるというのが不満なのか？」

　坂井は、同じことを問いたい、という顔で富臣を見た。

　富臣は坂井のほうを見て言った。

「とんでもない。恐縮してるんだ。私を利用して神代誠と戦いたいのだという言葉を聞いて、信用する気にもなった」

「プロレスの技については、どんなことでも訊いてくれ」

「しかし、複雑なもんだな」

「何がだ？」

「プロレスラー同士の人間関係だ。どうも感情の表現が素直じゃない気がする」

「放っとけよ」

坂井がぼそりと言い、富臣は思わずにやりとしそうなのをこらえた。

ＮＡＣで、マシン・トレーニングを午前中にたっぷりやる。

その後五反田に移動し、坂井軍団のジムで午後の間中、トレーニングを受ける。

一日の締めくくりはロードワークだった。それが当面の富臣のスケジュールだった。自衛隊時代もよく走らされた。

しかも陸上自衛隊のフル装備で走らされたこともある。

これを連日続ける。

マシン・トレーニングは、高田源太郎のアドバイスに従って、限界まで上げた負荷で行なっている。

午前中はとても食事を取る気になれないほど連日疲れているのだが、ＮＡＣで、毎朝、かゆを用意してくれる。

具を自分で選んでかき込むのだが、これだとすんなり入る。かゆは消化にいい。

マシンで徹底的に体を痛めつけたあと、高タンパク、高カロリーの昼食を取る。

とにかく、多食を義務づけられているからたいへんだ。

スパゲッティー、プラス、ステーキ、といった昼食を取らされる。

サバイバルの生活が身についているため、富臣は空腹に耐えるのには慣れていた。

しかし、満腹の苦しさに耐えたことはあまりないのだ。

午後からの坂井の練習はきついのだが、それを言いわけに、昼食を減らすこともできない。

一度、高田源太郎が電話をかけてきて様子を尋ねた。

そのとき、富臣は、とにかく食うのがつらい、と訴えた。

高田総帥は大笑いしてこう言った。

「それは、プロレスラーや相撲《すもう》取りの新人に共通の悩みだよ。頑張りたまえ」

午後になると、二宮がＮＡＣの車で五反田にある坂井軍団のジムまで、富臣を連れて行く。

富臣はこの間、ぐっすりと眠っていることが多くなってきた。

陸上自衛隊と『野見流合気拳術』で鍛え、山歩きで培った体力も及ばないほどの運動量をこなしているのだ。

五反田の商店街から少しはずれたところにある小さな貸しビルの一階がジムになってい

た。

もともとは、商店だったらしく、リングの周囲は狭かった。

その狭いスペースに、サンドバッグが下がり、ベンチプレスや、シットアップ用の器材が置いてある。

給湯室を改造して作ったシャワーがついていたが、湯の出はあまりよくない。

壁はコンクリートの打ちっぱなしで、全体に埃《ほこり》っぽい感じがする。

富臣も二宮も、正直に言ってこの『坂井道場』を見たときは、驚いた。

プロの選手が利用する施設とは思えなかったからだ。

だが、じきに、坂井源治の考えが理解できるようになってきた。

彼にとって、何よりも大切なのはリング上の戦いなのだった。

彼が、富臣にリングの必要性を説いたのもそのせいだ。

坂井源治は、たいてい坂井軍団のメンバーとスパーリングをしていた。いつもグランドで関節技をかけているような印象がある。

その動きにまったく無駄はなかった。

例えば、相手の指をつかまえたら、まず、指の関節を決める。それだけで、痛さのために相手は無力化されてしまう。

親指、その次は、手首、そして肘、肩と連続的に技をかけていく。一時も、ためらいがない。相手は、気がついたら、肩を決められ、身動きが取れなくなっている。

指をつかまれただけで、こうなってしまうのだ。

さらに、肩を決めただけでは終わらない。肩をリングの床におさえておき、相手のアキレス腱《けん》のあたりを交差させて、自分の足をてこに使って決める。

もう相手は逃げられない。

ちょっとでも身動きすると、肩、手首、アキレス腱《けん》、膝《ひざ》に激痛が走るのだ。

坂井の相手は必死に逃がれようとするが、坂井は常に余裕の表情で相手を手玉に取ってしまう。

富臣は一度、その魔術のタネを見たような気がした。

富臣と坂井がスパーリングをやったときだった。当然、富臣は坂井の関節技から逃がれようともがく。

坂井は、富臣の動きに一切逆らわないのだ。富臣が動かそうとする方向に動かしてやる。そしてまた決める。

それを繰り返しているうちに、だんだん、技は深く決まっていくのだ。

坂井は、あらゆる部分を、どの角度、どの方向へでも決めることができる。

だから、相手の動きに逆らう必要はないのだ。

相手の抵抗は、まったくの徒労に終わるわけだ。

実際、坂井の相手はひどく疲れているが、坂井は息を乱してすらいないことが多い。

こうやって変化のなかで使えば、関節技というのは無限だと坂井は言っている。

坂井道場のリングに上がった富臣は、まずしこたま投げられることから始まる。

首投げ、肩負い、体落とし、ボディースラム、バックドロップ……。

起き上がっては投げられ、また起き上がっては投げられる。

リングで投げられる衝撃と感触を体に覚え込ませるのだ。

基本の受け身から習っている時間はないし、おそらく神代の投げ技に基本の受け身など役に立たない。

何度も投げられることで反射的に体をかばう方法を身につけるのだ。

『野見流』には投げ技もあった。そのために受け身の心得はあった。

富臣は『野見流』の受け身でなんとか持ちこたえていた。

うんざりするほど投げられたあとは、坂井に関節技をかけられる。

魔術のような連続の関節技だ、基本の固め技がいくつもの技に変化していく。

どこを決められても、悲鳴を上げたくなるほど痛い。

一日に何度かは実際に悲鳴を上げる。

坂井は、まったく力を使っているようには見えない。

一度、富臣は見よう見まねで坂井に技をかけようとしたことがある。

坂井の肘も手首も鉄パイプのようにびくともしなかった。

あっけなく手を返され、逆に手首を決められてしまった。

坂井は言った。

「筋肉と喧嘩しても勝てねえよ」

「筋肉と喧嘩……？」

「いいか。関節ってのは、どんなやつも同じにできている。プロだろうがど素人だろうが変わりない。可動する範囲が決まっているんだ。その限界を利用するのが関節技なんだよ。

そして、関節そのものは鍛えることができない。じん帯でくるまれているだけだ。そして、そのじん帯には皮膚に次いで痛みの受容器が集中してるんだ。関節ってのは誰にとってもいやなもんなんだよ」

「だが、私がどうやっても、あなたに技をかけることができない。あなたの体は鍛えてある。腕だって太い」

「だから筋肉と喧嘩すんなといったのよ。腕が太いのは何のせいだ？　筋肉だろう。さっきも言ったが、じん帯で包まれているだけの関節は基本的には鍛えることができない。まわりの筋肉が鍛えられるだけだ。俺たちゃその筋肉も半端じゃない。力を入れて耐えればある程度関節を守ることができる」

「私がやっても、びくともしない感じだった」

「問題はきっかけなんだ」

「きっかけ？」

「そう。例えば、肩を決めたいと思う。何もせずに肩関節をマットに押しつけようとしても、相手の抵抗にあうだけだ。技なんぞ決まりゃしねえ。そういうときは、どこか手がかりになるようなところを一か所決めるんだ。それが、きっかけとなる。指でもいい手首でもいい。もし、手首が決まったら、次は肘を決める。相手は手首が決められた痛みで力が入れられないから、肘は簡単に決まる。肘が決まれば、肩が決まる」

「きっかけをつかむのも難しい……」

「骨で考えないからだよ」

「骨……」

「あんた、まだ、相手の身長だとか筋肉にびびってる。そんなもん、考えなくたっていい。問題は骨格だ。関節はどっちの方向にどれくらい曲がるか――それだけ考えていれば、意外に簡単なものだよ。あんたがやっている武道、何といったっけ？」

「『野見流合気拳術』」

「その『野見流』に関節技はないのか？」

「決め技はある。その際、関節というよりも、穴《けつ》を用いるんだ」

「あの経絡《けいらく》の穴？」

「そう」

「やってみてくれ」

　富臣は、左手で坂井の右手を甲の側からつかんだ。

　坂井は反射的に手を引こうとした。富臣は、右手を坂井の右前腕内側に当て、逃げる手首を迎えるようにおさえた。

富臣の右手の人差指と親指の腹が、手首の両側にある大淵《たいえん》、神門《しんもん》という穴をぴたりとおさえている。

「お……」

坂井は思わず声を上げていた。鋭くしかも深部にまで浸透するような痛みが走ったのだ。

富臣はそのまま、坂井の手の甲を内側へ曲げていった。

大淵、神門の穴をおさえたままだった。

坂井は体勢を崩した。たいへん珍しいことだが苦痛の表情を浮かべている。

富臣は手をはなした。

「やるじゃねえか……」

坂井が言った。「そいつは充分使えるぜ」

富臣は、その言葉にようやく明るい要素を発見できた気がしていた。

12

坂井道場の稽古《けいこ》が終わると、夕食だが、ここでもしこたま食わなければならなかった。

二宮と富臣は、坂井道場でチャンコを食べるのが日課となっている。

チャンコは、坂井道場の若手全員で作る。この風習は、坂井がかっていたプロレス団体以来のものであり、さらには、相撲部屋から受け継いだ伝統のひとつだった。

チャンコは、飽きがこないように、毎日味つけや材料に変化をつける。

野菜や魚、肉がどんぶりに大盛りにされる。飯もどんぶりで食う。

稽古のあと、ビールを一杯飲むと、猛烈に腹がすいてくる。

富臣は、そのときばかりはいくらでも食べられそうな気がする。

チャンコは実にうまい。

チャンコの他に骨のままイワシなどの焼き魚を食う。そして、飯をかき込む。

しかし、やはりどんぶり二杯の飯を食うと満腹してくる。

さすがに、坂井軍団の若手は三杯、四杯とおかわりをする。

坂井源治本人もよく食う。

二宮は、ドンブリ半分ほどの飯で優雅に食事をしていた。

二宮は富臣に言った。

「さあ、食え。勝つためだ」

富臣は、三杯目のどんぶり飯に挑み始めた。

「関節は体中にある」

坂井が飯を頬張《ほおば》りながら言った。「そして、どんなに筋肉をつけたやつが相手でも、関節技は効く。それはわかったな？」

富臣も食事を続けながらこたえる。

「わかった」

「あとはテコの応用だ。テコをうまく使わないと、筋力では神代には絶対に勝てんからな……」

「わかってる」

「テコの応用と一口に言うが、なかなか一朝一夕にマスターできるもんじゃない。だが、わかりやすいこつがひとつだけある」

「こつ？」

「なるべく自分の体と相手の体を密着させることだ。そうすると自然にテコを応用する形になるもんだ。体を離したままで関節技をかけようとしたって決まるもんじゃねえ」

「それは『野見流』にも通じるものがあるからよくわかる」

「さっきの経絡穴を使った決め技だが、得意なのか？」

「ずいぶん練習したものだ。自衛隊の格闘訓練のとき、よく使った。相手には不思議がられたよ。穴をおさえるのと、そのほかの部分を握るのと、はた目にはまったく同じに見える。だが効果はてきめんだ」

「関節技と一言で呼んでいるが、なかには、経絡穴を利用しているものもあるんだ」

　富臣はうなずいた。

「知ってる。経絡穴は全身のいたるところにあるが、重要なものは関節のそばにあることが多い。手首には、大淵、大陵《たいりょう》、神門、腕骨《わんこつ》、陽池《ようち》といった穴が集まっている。肘には少海、曲沢《きょくたく》、天井《てんせい》があり、肩には臑会《じゅえ》、肩髎《けんりょう》、肩髃《けんぐう》、臑兪《じゅゆ》、巨骨《ここつ》といった穴がある」

「そう。関節を決めるというのは、そういうツボを攻めることにもなる。経絡穴――つまりツボを知っているというのは、たいへんな強味だぜ」

「そうかな？」

「ああ。さっき筋肉と喧嘩するな、と言っただろう。神代の筋力に、まともに相手してたら、命がいくつあっても足りねえや。ツボってのは、たいてい、筋肉の起点か収束点、つまりじん帯のところにあるんだ。骨と骨の間のへこんだところが経絡穴になっている。あるいは、ふたつの筋肉の合わせ目などが穴になっている。つまり、穴というのも、関節同様に鍛えることができない場所なんだ。それを熟知しているというのはかなり有利だぜ」

「それは気安めじゃないだろうな」

「気安めなど何の役にも立たないことを、俺は知っている。だから、俺は気安めなど言わない」

「少しは希望がわいてきたような気がする」

「いいか。相手の筋肉にまどわされるな。問題は骨だ。骨だけ取れば、人間、それほど個人差などない」

「それに、ツボはどんな相手にもたいてい、効く」

「そうだ」

坂井は、よく煮えたキャベツを口に放り込んだ。

大食と、限界ぎりぎりのウエイト・トレーニングで、富臣の体格が徐々に変化してきた。もともと、自衛隊や山歩きで鍛えた体だったので、筋肉がつく素地はできあがっていたのだ。

一週間で体重が四キロ増えた。

消化器が丈夫な点も幸いしたはずだ。

いくらたくさん食べても腹をこわしては、何にもならない。

マシン・トレーニングの成果は、まず体がひきしまる形で現れた。

くっきりと筋肉が分割されるようになる。皮下脂肪が激しい筋力トレーニングによって分解されたのだ。

ひきしまった体は、着やせする。

服を着ている限り、富臣の体重が増えたようには見えなかった。

筋肉は重く、脂肪は軽いのだ。

はた目にはわからないが、本人は変化に気づいていた。

それまで着ていた背広やブレザーの肩のあたりが窮屈になってきたのだ。

両手を前に出すと、背中のあたりもつっぱり、真ん中から裂けてしまいそうな気がする。

胸、肩、背の筋肉が、確実に発達しているのだった。

ジーパンをはくと、ウエストは変わらないが大腿部と、尻がきつくなった。

マシン・インストラクターは、限界を超えるほどの強い負荷で行なう運動と、軽い負荷で回数を多くやる運動を交互に織り混ぜた。

重い負荷でぎりぎりの力を出す運動は、筋肉の瞬発力を強め、体重を増す役に立つ。

だが、それだけでは、マシン・インストラクターが言った筋肉の質の点で問題が残る。

軽い負荷で回数を多くやる運動が、筋持久力をつけるのに役立つのだ。

つまり、強い運動と、回数の多い運動の両方をこなしてはじめて良質の筋肉が得られるのだ。

今のところ、マシン・インストラクターの立てた計画はたいへんうまくいっていた。

二宮は、取材をうまくさばいていた。

彼にとっては慣れない仕事のはずだが、まったくそういう素振りは見せなかった。

富臣のトレーナーとして坂井源治がつく、というニュースが流れると案の定、プロレス誌やスポーツ紙関係者が押しかけた。

たいていの記者は、坂井源治と顔見知りなので、問題はなかった。

坂井がうまくあしらってくれる。

あるテレビ局が、ドキュメントで、試合までの様子を追わせてくれといってきた。

二宮は考えたすえに、この話を断った。たいへんな宣伝効果があることは明らかだった。富臣と神代の試合のことだけを考えたら、引き受けるべきだったかもしれない。また、ＮＡＣのパブリシティーにもなったはずだ。

しかし、二宮は、その先を考えたのだ。

試合が終われば、富臣は単なるサバイバル・インストラクターに戻らなければならないはずだった。

プロレス雑誌、格闘技専門誌、スポーツ新聞などの一般人に対する影響力は知れている。だが、全国ネットのテレビとなると、まったく事情が変わってくる。

たった一回の放映で、富臣の顔が全国に知られてしまう可能性が高い。

世のなかにはいろいろな人間がいて、皆が皆、富臣の味方になってくれるとは限らないのだ。

つまり、全国ネットのテレビというのは影響が大き過ぎるのだ。

ワイドショーのネタ程度なら、どうということはないだろう。

だが、ドキュメンタリーとなると話は別だ――二宮はそう考えたのだ。

断ったあと、二宮は、こういう話が来ている、と富臣に話した。

富臣は即座に、断れ、と言った。

そう言うと思った——二宮はそう言って、ひとりで笑った。

富臣は、食事を苦に感じなくなってきた。むしろ、食べることが唯一の楽しみと感じられるようになってきた。

確かに食べっぷりが変わってきていた。見ていて気持ちのいいくらいの健啖《けんたん》ぶりだ。食べるスピードも量も増えた。

体が運動に慣れてくると同時に、消化吸収の能力も高まったのかもしれない、と富臣は思っていた。

激しい運動をしているから、いくら食べても贅肉《ぜいにく》にならない。

食べ物の好みまで変わったようだった。かつては、うんざりするような油っこいものをいくらでも食べることができた。

かつて、人並にしか食べなかった坂井軍団のチャンコも、今では、プロレスラーに近いくらいの量をたいらげる。

富臣は自分の体格が充実してくるのを楽しんでいた。

「神代陣営の情報が入って来ないな……」

坂井源治が坂井道場にやってきた富臣と二宮に言った。「NMFには、空手家や骨法使いがいるからな……。よそから人を雇わなくても、ある程度は古武道に対処できるのかもしれない」

「あるいは、何もやっていないのかもしれない」

富臣は言った。

坂井源治は思わず富臣の顔を見た。

富臣はさらに言う。

「神代は、自分の戦いかたに自信を持っているはずだ。彼は私の『野見流』に興味を持っているが、恐れているわけではない」

「なるほど、その考えかたは正しいかもしれないな……。だが、あいつは、おまえさんのトレーナーに、この俺が付いたということを知っているはずだ」

「気にはしている。しかし、あなたはあくまでプロレスラーであり、レスリングの技のエキスパートだ。神代が練習方法を変えたり、特別な稽古をしたりする必要はないだろう」

「つまり、彼は、自信満々というわけだな」

「そう。ほんの二週間まえまで、私は、神代と戦える気がしなかった。だが、こうして、体ができ上がってきて、あなたと毎日組み合っていると、何とかなりそうな気がしてきた」

「そうとも。俺が何とかするよ」

「神代誠は私の武術のことをほとんど知らないはずだ。そして、私が体重を増やしつつあることも知らない」

「こっちを甘く見ている――そう言いたいのか？」

「希望的観測……。そうであればいいと願っている」

リングに上がった富臣は、いつものように坂井に投げられた。

首を取っては投げられ、腕をからめては投げられる。

だが、彼は投げられることに慣れてきていた。

投げられたとき、衝撃を減らすためには、心もち反り気味になり、全身を緊張させなければならないということを、体で覚え始めたのだ。

間違っても頭や腰から落ちてはいけない。

また、富臣は、坂井から投げ技を教わり始めた。

「客に見せることを考える必要がないんだから、スープレックスなんてやる必要はない。スープレックスは、死ぬほどブリッジをやらされてからでないとできない。首投げとか、大腰とかといった技で充分だ。小さい男が大きな男を投げるのには、跳ね腰なんかが役に立つ」

プロレスの投げ技の多くは柔道や相撲と共通している。

だが、『野見流』とは投げの手法がまったく違っている。『野見流』では、投げるというより、崩して倒すのだ。

相手が勢いよく突いてくるような場合に、合わせて崩す。

敵の勢いがよければよいほど、『野見流』の崩しや投げはきれいに決まる。

つまり『野見流』に対して激しく攻撃すればするほど、ひどいめにあうということだ。『野見流』が合気拳術を名乗る所以《ゆえん》だ。

一九〇センチ、一〇〇キロの坂井の巨体だが、ちゃんと技をかけると、軽々と転がっていく。

もちろん、実戦ではこうはいかないことはよくわかっている。

だが、巨体に対する恐怖心を軽減させるのには充分に役に立った。

投げ技のあとは、いつものように、グランド技と関節技の稽古だった。

富臣は、今のところ、プロレスラーの技を研究するのが第一と考えていた。

そのため、『野見流』を坂井に対して試すようなことはまだしていなかった。

その必要があったら始めよう――そう考えていたのだった。

スパーリングなど、坂井道場でのメニューは、基本的に坂井源治が決めていた。

今の富臣はそのメニューに従うだけで精いっぱいだった。


さらに一週間、そういう日々が続いた。

すでに本格的トレーニングに入って三週間が過ぎた。

富臣は体格がますます充実してくるのを実感していた。

当初、一度上げるのがやっとだった重さのベンチプレスも、二、三回上げられるほどになり、マシン・インストラクターの舌を巻かせた。

食欲もまったく衰えを知らず、ロードワークのスピードもアップした。

トレーニングを始めたばかりのころは、ロードワークに出る元気もほとんどなく、走っては歩き、走っては歩きという情けない状態だった。

練習内容はそれくらいきつかったのだ。

だが、今は、その練習をこなし、さらに、ロードワークを平気で完走した。

体力は、食べる量とある程度関係がありそうだと富臣は今さらながらに感じていた。

ようやくトレーニング・メニューをこなしているころは、他のことは全く考えなかった。考えている余裕などなかったのだ。

しかし、体重も当初より六キロ増え、トレーニングを充分にこなせる体力がついた今、彼はまたしても不安を感じ始めていた。

彼はその不安を坂井源治に訴えた。

「私が今やっているのは、あくまで、レスラーとしての訓練ではないのか？　レスラーとして戦うのでは、一〇〇パーセント神代には勝てない」

坂井は考え込んだ。

「わかっている。レスラーの技がどんなものか、知っておいてもらうのが目的だった」

「だが、このトレーニングは、決定的なものが欠落している」

「それも理解しているつもりだ。つまり、おまえさんは、『野見流』の練習をしなければならないんだ」

富臣はうなずいた。

坂井は言った。「いいだろう。今日のスパーリングの最後は、レスリング対『野見流』で締めくくろう」

坂井軍団のメンバーたちと二宮は、取材陣を何とか追い出すことに成功した。

そのあと、彼らは好奇心にあふれた眼で、リングの周囲に集まり始めた。

投げと関節技のスパーリングが終わり、いよいよ、『野見流』対レスリングのスパーリングが始まろうとしていた。

「試合はどういうふうにやるんだ?」

坂井は尋ねた。

富臣はこたえる。

「さあ……。『野見流』じゃ試合なんてやらないからな……」

「おい、何だって? おまえさん、試合をやったことがないのか?」

「勘違いしないでくれ。『野見流』はあまりに実戦的な技ばかりなんで試合ができないんだ。危険すぎるんだよ。型ばかり重視する伝統武道とは違う。それに、私は自衛隊で格闘術の訓練をみっちり積んでいる。戦った経験はある」

「それを聞いて安心したが、さて、試合をしたことがないとなると、どうやってルールを設定したものか……」

「その点も相談したかった」

「打突系の格闘技なら、三分ごとのラウンド制にしたほうが得なんだがな……」

「それでいい。『野見流』は、基本的には拳法だからな」

「じゃあ、それでやってみるか」

ふたりは別々のコーナーに分かれた。坂井軍団の若手がストップウォッチを零に合わせた。彼は坂井に尋ねた。

「いいですか？」

坂井は富臣を見た。富臣はうなずいた。

若手はゴングを鳴らした。

富臣は、構えて間合いをはかろうとした。

坂井は、あまり動かない。じっと富臣を観察している。

『野見流』の特徴は、破壊力が深部まで浸透していく掌打だ。

その掌打がプロレスラー相手に、役に立つかどうか試してみようと富臣は考えた。

右手が前になっている。その右の手を突き出す。そのとき、体がうねった。

だがその掌打は、坂井の顔面をとらえなかった。

今まで、どちらかといえば、のっそりといった体《てい》で富臣の様子をうかがっていた坂井は一転して早い動きでスライディングタックルをかけていた。

蟹《かに》ばさみで倒す。と思ったら、すでに、あおむけにした富臣の両足のアキレス腱を決めていた。

たまらずに富臣はギブアップした。

ふたりは再びコーナーに分かれ、もう一度スパーリングを再開した。

だが、富臣の技はすべて不発に終わり、そのつど、坂井の見事な関節技が決められていた。

富臣は絶望的な気分になってきた。

やはり、プロレスラーに立ち向かうなど、無謀なことでしかないのだろうか……。彼は、そう考え始めていた。

「情けない……」

そのとき、誰かがそう言った。

その声は決して大きくなかったが、なぜかよく透った。

誰もがその声のほうを向いた。

ふとリング上の富臣もそちらを見ていた。富臣は構えを解いて棒立ちとなった。驚いた表情をしている。

彼はその表情のままで言った。

「宗家……」

13

小柄な老人が立っていた。

チャコールグレーのダブルのスーツをすっきりと着こなし、美しい緑のネクタイを締めている。

胸のポケットからそのネクタイと同じ色のチーフをのぞかせている。

手にスーツと同系色のソフト帽を持っていた。

見事な白髪で、鼻の下と顎《あご》に、やはり真っ白な髯《ひげ》をはやしている。

髪はオールバックにしている。

たいへんな高齢のようだが、腰は曲がっていない。何よりも、眼光が生きいきとしている。

そのとなりに、美しい女性が立っていた。若草色のスーツを着ている。

長い髪をうしろで一本に編んでいた。

タイトスカートは膝《ひざ》丈より十センチほど短く、脚が驚くほど美しい。

全体に小造りの顔立ちだが、唯一、眼だけは大きくよく光った。

身長は、となりの老人より少し高く、一六五センチはありそうだった。

「宗家だって……？」

二宮が富臣に尋ねた。

富臣はうなずいてから言った。

「『野見流』第三十九代宗家、向井淳三郎先生」

坂井道場内にいた全員が向井淳三郎のほうを見ていた。

そのうちの何人かは、となりの美女を見ていたかもしれない。

富臣は向井淳三郎に訊《き》いた。

「どうして、ここへ……」

「おまえが働いているNACとかいう会社へ行ったら、おまえはここにいると言われたんでな」

「いや……どうして東京へ……？」

「おまえがばかなことをやろうとしておるのに、黙っていられるか」

「試合を止めに来たんですか？」

「今さら止めてもしかたなかろう。これほど話題になってしもうたのだからな……」

「では、応援に……？」

「それほど暇ではない」

「では、いったい……」

向井淳三郎は溜《た》め息《いき》をついた。

彼はあらためて自分に注目している人々を眺め回し、一礼した。

「至らぬ弟子がお世話になっております」

坂井が礼を返し、リングを降りた。

「まあ、立ち話してることたあねえや。チャンコができるころだ。話は食事をしながらのほうがいい」

「心配して来てみれば案の定だ。『野見流』の何たるかを忘れておる」

席を移し、あらためて挨拶《あいさつ》が済むと、向井淳三郎は、富臣に言った。

向井老人にかかると、富臣はまるで子供か孫のようだった。

実際、縁者のような付き合いだった。出雲《いずも》地方の小さな山村の住民だったので、村中が親戚《しんせき》のようなものだった。

先祖をたどれば、本当に血のつながりがあっても不思議はなかった。

「稽古《けいこ》はしているつもりです」

富臣は言った。

「真理から外れた稽古など、砂漠を耕すようなものだ」

「私が坂井さんに歯が立たなかったのは、『野見流』の理念に従っていないからだと……？」

「そうだ」

「では、『野見流』を正しく使えば、プロレスラーにも勝てますか？」

「そういうことを言っているから、『野見流』がわかっておらんというのだ」

「どういうことでしょう……」

坂井が向井老人に尋ねる。「勝つか負けるか――こたえはそのどちらかだと思いますが……」

「いや、われわれはそうは考えません」

向井老人は坂井源治のほうを見て、おだやかに言った。

「ほう……。では、どのようにお考えなのですか？」

「相手がプロレスラーだろうが何だろうが、戦いとなれば、必ず相手を殺すことができます。そうでないときは、逃げるための手段があります。『野見流』は生きるための武術です。技を競うためのものではありません。したがって、禁じ手はいっさいないのです。禁じ手など必要ないのです。試合《しあ》うことがないのですからな……。『野見流』が試合うときは死合う――つまり、殺し合うときです」

「……物騒な流派ですね……」

坂井はなぜかうれしそうに言った。

「なに……。もともと武道などというのはそういうものですよ」

坂井は富臣を見た。

「おまえさん、リングの上で神代を殺せるかい？」

「殺されそうになったら殺せるかもしれない」

「つくづく情けない……」

向井老人は淡々と言った。

「どうしてですか？」

富臣は尋ねた。

『野見流』第三十九代宗家はこたえた。

「殺されそうになったら殺す——これでは獣の殺し合いだ。理念も理想もない。いいか。人間は何のために想像する能力がある？　何かを仮想して行動するのは人間の特徴ではないのか？」

「わかっています」

富臣は言った。「殺す自信があるから、殺さずに済む。また、殺す方法を知っているから活かす技術にも通じる。殺法はすなわち活法。活殺自在——こういいたいのでしょう」

「わかっておるのに、なぜ実行しようとせん？」

「絵に描《か》いた餅《もち》のような気がするのですよ。実際にとんでもない強敵が目のまえに立ちふさがると、きれいごとは言っていられない気分になります」

「活殺自在が絵に描いた餅か……。何を教えても無駄《むだ》なようだ。神代とやらにこてんぱんにやられ、病院のベッドで自分の未熟さを反省せい」

向井老人は、席を立ち、となりの美女に言った。

「もう用はない。帰るぞ」

「待ってください」

二宮が言った。「今のままでは、富臣は神代誠に勝てないというのですね？」

「言うまでもない」

向井老人は言う。「虎《とら》は己れの牙《きば》と爪を頼りにします。己の爪と牙の威力を知っているのです。だから虎は強い。虎は熊《くま》を見て、熊の戦いかたをまねようとは思わない」

二宮は眉《まゆ》をひそめて言った。

「……つまり、『野見流』で戦うべきだと……」

「それしかないでしょう。あと二か月あまりで、一人前のプロレスラーになれるというのなら話は別ですがね……」

「そいつは無理だ」

坂井が即座に言う。「プロレスラーとしてならうちの若手のほうがずっと上だと思う」

「当然ですな」

向井老人はうなずいた。

「だが、私の『野見流』が神代誠に通用しなかったら……」

富臣が言う。

「そこまで愚かと思わなかった。おまえは『野見流』以外に何を持っているというのだ？『野見流』が通用しなかったら、他のどんな技も通用するはずがない。そんなことにも気がつかぬのか？」

富臣は言われてはっとし、次の瞬間に赤面していた。

彼は、自分を見失っていたのに気づいた。

向井老人が言ったことは、ごく簡単で明らかな理屈だった。

富臣は、確かに陸上自衛隊で、格闘術を学んでいる。

格闘術の成績はたいへんよかった。

だが、それも『野見流合気拳術』のおかげだった。

そもそも神代が興味を持ったのも、『野見流』の技だったのだ。

「いいか」

向井老人は富臣に言った。「そのような気持ちでリングに上がるのなら、『野見流』を名乗ることは許さん。これ以上、言うことはない。さ、行くぞ」

「待ってください」

富臣が言った。「考えが足りませんでした。先生のお力が必要です」

彼は頭を下げた。

向井老人は、じっと富臣を見すえていた。富臣は、向井老人が何かを言うまで頭を上げるつもりはなかった。

やがて、向井老人は、にっと笑った。老人が笑ったことは富臣にはわからなかった。

周囲の空気は一瞬にしてなごんだが、富臣はそのことにも気づいていなかった。

向井老人は咳《せき》ばらいしてから言った。

「最初から、そう言っておればいいのだ」

二宮がそつなく言った。

「どうぞ席にお戻りください」

二宮は笑いをこらえているようだった。富臣はそれにも気づかなかった。

向井があらためて席に着くと、坂井が尋ねた。

「この人の『野見流』の腕前は確かなんですか?」

向井老人は富臣を見ながら言った。

「幼いころからやっておりますからな……。そこそこはやります」

「……で、その『野見流』ってェのは、えらく実戦的だということですが、どういった戦いかたをするんです?」

「できる限りすみやかに相手を無力化させることだけを考えます」

「強そうだな……」

「充分に習得すれば、ここにいるような女性でも大男を倒せるようになります」

「ほう……、その美人が……?」

向井老人がかすかに笑った。

「人は見かけではわからんものでしてな……。この女性は奥伝免許を持っとります。竜彦は、まだ、奥伝免許を受けておりませんから、竜彦より上ということになりますな……」

向井老人は富臣を竜彦と呼んだ。

皆がいっせいに、美女に注目した。

彼女は照れるでもなく、やや伏目がちで泰然としている。

富臣も彼女を見ていた。

初めて見る女性だった。同じ村の出でないことは確かだった。

富臣は、彼女のほうが腕が上だと言われ、気分を害した。

それが表情に出た。向井老人は、それを見逃がさず、言った。

「面白くなさそうだな。だが、わしは、彼女を、おまえの師範として連れてきた」

富臣は反論しない。

反論できる立場にないのだ。

代わりに二宮が言う。

「女性が師範ですか……？　富臣くんはプロレスラーと戦うためにトレーニングを積んでいるのですよ。それはあまり実戦的とはいえない気がしますが……」

「プロレスラーに対して、竜彦は非力なはずです。非力な者が勝つためにはどうしたらいいか……。それはより非力な女性に教わったほうがいい。違いますか？」

「そりゃ、理屈ではそうですが……」

「理屈だけでなく、実際に彼女のほうが腕が立つというところを証明すればよろしいのですな……」

二宮は富臣の顔を見た。

彼は、富臣のためにはっきりさせておかなければならないと思い、向井老人にうなずいて見せた。

「そうですね。私たちを納得させることができれば……」

「さきほど、竜彦は坂井さんにまったく歯が立たなかった。いかがです、坂井さん。もう一度リングにお立ちいただけないでしょうか?」

坂井は言った。

「どうするつもりですか……?」

「彼女と勝負してみてください。竜彦より多少ましなら、皆さんに納得していただけるでしょう」

二宮も富臣も驚いていた。

坂井軍団の連中も目を丸くしている。

坂井はどうしたものか思案していたが、やがて言った。

「おもしろい。やってみようじゃないか……」

坂井は心底興味を覚えたようだった。

向井老人のとなりにいる美女はまったく表情を変えなかった。


リングに明かりが灯《とも》り、トレーニングウエア姿の坂井源治が上がった。

続いて、『野見流』の正式な道衣を着た美女が上がる。

白い上衣に紺色の袴《はかま》をはいているのだが、袴は、細い筒袴だった。

帯などつけていない。

帯に色をつけ、それで、段や級を表すのは、講道館で作られた伝統だ。

それ以前の武道には帯によって位を示すという、習慣はなかった。段位などという味気ないいいかたもしなかった。

初伝免許、中伝免許、奥伝免許、各種目録といったいいかたをしたのだ。

『野見流』も、古い伝統のほうに従っていた。

「手ェ抜かないぜ」

坂井が言った。「でなけりゃ、何の証明にもならんからな……」

「けっこうです」

相手の女性は言った。

もの静かでいながら、よく透《とお》る口調だった。

「ようし、始まりのゴングを鳴らせ。時間をはかる必要はないぞ。すぐに終わる」

坂井軍団の若手がゴングを鳴らした。

『野見流』の女性は、左足を引き、わずかに半身になった。

軽く右手を掲げている。

坂井は、言葉どおり、真剣な表情だ。相手の様子をうかがっている。

彼は動かなかった。相手の女性も動かない。そのままで時間が過ぎた。

女性の表情は、おだやかな湖の水面を思わせた。まったく動揺した様子はない。

坂井は、相手が女性だからといって決して油断していなかった。

『野見流』の腕前は、美女のほうが富臣より上だという向井老人の言葉は無視できなかった。

そして、坂井にとって『野見流』は未知の格闘技なのだ。

しかし、何もせずに睨《にら》み合っているわけにはいかない、と彼は考え始めていた。

彼は、極力勝負を重視しようと常日頃考えていたが、観客のまえで戦うことが習い性となっていた。

客より勝負を重視するのなら、何時間でも睨み合っているべきだ。

うかつに動いたほうが必ず負けるのだ。

それは充分にわかっているつもりだが、坂井はやはり、無意識のうちに客に見せることを考えているのだった。

かまうことはない、と彼は思った。

『野見流』がどれほどのものであれ、つかまえてしまえばこっちのものだ――。

坂井は、相手の指一本でもつかまえることができたら、それを手がかりに、次々と関節技をかけていき、決め技に持ち込む自信があった。

坂井は、右足をわずかに進めた。

相手の女性はごくわずか、さがった。ほんの一センチほどだった。

一センチさがることがどれほどの意味があるのか、坂井には理解できない。

だが、坂井は、危険を感じた。

戦いのなかで生きる人間の、研ぎ澄まされた勘のおかげだった。
坂井はその勘に従うべきだった。
実際、本物の間合いの攻防は、寸単位で行なわれる。
一寸の見切りが生死を分かつ。
これは比喩《ひゆ》ではなく、実際にそういうものなのだった。
危険を感じたにもかかわらず、坂井は踏み込んでいた。
女の首を取りにいく。レスリングの基本的な組み合いだ。
しかし、坂井は相手をつかまえることはできなかった。
それればかりか、気がついたら、マットの上に転がっていたのだ。
起き上がろうとしたら、またひっくり返される。
それを何度も繰り返すはめになった。
坂井は相手の女性がどこにいるのかわからなくなっていた。
だが、彼には鍛え抜いた勝負勘があった。彼は倒される瞬間に、さっと手を伸ばした。
その手が相手のどこかに触れた。
そのまま相手をつかんだ。

やれる、と坂井は思った。自分が倒れるときに、相手を引き込み、グランドに持っていこうと考えたのだ。

しかし、次の瞬間、その手に激痛が走り、力が抜けてしまった。

そして、顔面に、連続して何発かのショックを感じた。拳で殴られたのではなかった。

だが、不思議なことに、下半身がいうことをきかなくなった。

脳震盪《のうしんとう》を起こしたのだ。

そのまま倒されて、喉《のど》、手首、膝《ひざ》を決められた。

坂井は意識が朦朧《もうろう》としていた。

遠くでゴングが鳴るのを聞いた。

14

「たまげたぜ……」

坂井は言った。

中断していた食事を再開していた。

「俺《おれ》は何をされたのか、ほとんどわからなかった……」

坂井の口調に、相手が女であるとか、素人であるとかいうこだわりは感じられなかった。

彼は、格闘者として『野見流』に魅力を感じたようだった。

驚いたのは、坂井だけではなかった。

あの場にいてリング上を見つめていた者たちのなかで、驚かなかったのは向井老人だけだった。

特に、坂井軍団の連中は深刻だった。

尊敬している軍団のリーダーが、素人の女性にいいようにあしらわれてしまったのだ。

坂井の脳震盪はごく軽く、すぐに回復した。

彼はリングを降りてすぐにこう言った。

「『野見流』とはすごいものだ」

その一言がなければ、軍団の若手たちは黙っていなかったかもしれない。

坂井が認めたものは、彼らも認めなければならないのだ。

食事の席に戻ると、向井老人は、女性を一同に紹介した。

彼女の名は、海潮涼子《うしおりょうこ》。

年齢は言わなかった。色が白く、見れば見るほど美しかった。

向井老人は二宮に言った。

「どうです？　彼女が富臣を指導することに、まだ何か問題がありますかな？」

二宮はすっかり毒気を抜かれてしまった。

「いえ……。富臣くんに残された可能性は『野見流』にしかないということがよくわかりました」

向井淳三郎は富臣のほうを向いた。

「どうだ、竜彦。少しは目が覚めたか？」

「筋肉でなく骨を見る。どう鍛えても筋肉のつかないところに急所がある……。何だか、ようやく戦う方針が見えてきたような気がします」

「手のかかる弟子だ……」

坂井が言った。

「ところで、俺はいったい何をされたんだ？　どうして俺はあんなに簡単に転がされたんだろう？　思わずくらくらとして決め技に持ち込まれたんだが、あのとき俺が顔面にくらったのは何だったんだ？」

「説明しましょう」

向井老人が言った。「まず、あなたと、海潮涼子は、向かい合って睨み合った。ふたりは互いに相手の隙《すき》をうかがっているように見えました。だが、ここですでに違っている」

「違っている？」

「そう。あなたは、おそらく、攻撃をしかけるための隙をうかがっていたのでしょう？」

「そのとおりです。海潮さんは違っていたというのですか？」

「違っていました。涼子は、あのときすでに攻撃を終えていました。それが『野見流』です」

「攻撃を終えていた……？」

「そう。つまり、頭のなかでどうやって相手を倒すかが、すでに見えていたのです。そして、それにあなたは、はまったわけですな」

「俺がもし、その読みどおりに動かなかったら？」

「読みどおりの動きをするまで、何時間でも、何日でも待ち続けたでしょう。戦いが見えていたといいましたが、一挙一動すべてが決定していたわけでもありません。約束ごとではないのですから、そんなことは不可能です。あのとき、涼子は、あなたが先に動くのを待っていたのです。あなたには先に動いてもらわねばならなかった」

「なぜです？」

「体重と、体の大きさです。涼子とあなたの体格の差を考えてください。もし、あなたが動かずにいたら、涼子が押そうが引こうがびくともしなかったでしょう。それだけ、体重とか体格とかいった問題は大きい」

「それはわかります。だから、西洋からやってきた格闘技はウエイト別になってるんです」

「しかしね、動いているときは、体重はあまり関係なくなるのですよ。相手が動いている限り、どんなに体重があろうが、技をかけることは可能です」

「なるほど……」

坂井は思案顔になり、うなずいた。「俺がかかっていったとたん、ころころと転がされたのはそういうわけだったのか……」

「『野見流』の投げ技は、柔道やプロレスのように跳ね上げたり持ち上げたりはしません。人間は二本足で立っていますが、そのこと自体たいへん不安定なのです。そこを狙《ねら》うのです。つまり、重心を崩してやるだけなのです。だから、『野見流』の投げには相手の体重は関係ありません」

「具体的にはどうやるんです？」

「相手の足に、自分の足を密着させ、相手が動こうとする方向に少しばかりずらしてやればいいのです。あとは、上体でその動きを補助してやれば、相手は自分自身の勢いでひっくり返るわけです。そのとき、うまいことに、術をかける者は常に死角に入る形になります」

「そうか……。それで俺は相手がどこにいるのかわからなくなったんだ……。……で、俺が顔面にくらったのは何だったんだ？」

「掌打です」

「掌打？　ただの掌打だったのか？　それなら何度も経験している。だが、掌打は確かに効くが、あんな感じに脳震盪を起こしたのは初めてだ……」

「『野見流』の掌打は空手の掌底打ちとはちょっと違います。現代の相撲《すもう》の突っ張りや張り手とも少しばかり違います。第一の特徴はてのひらを柔らかくして、相手の顔を包むように打つということです。さらに、当たる瞬間に、必ず顔がどちらかに振られるように角度をつけます」

「ははあ……。そういえば、打たれたとき、がつんという感じはしなかったな。顔の表面にはそれほど痛みは感じなかったんだ。だがじきに酔っぱらったような気分になっちまった」

「てのひらを柔らかくして打つと、濡《ぬ》れた布で叩《たた》きつけるように衝撃が相手の深部に伝わっていきます。顔が瞬間的に振られるように角度をつけると、人間はバランスを保てなくなります。首をひねるだけで相手を倒せるのはそのためです。そして、『野見流』のこのような掌打の特徴に精通すると、うまく相手に脳震盪を起こさせることができるのです」

「おもしろいな……。俺は、半分、脳震盪を起こしていたとはいえ、女の決め技をはね返せないはずはないと思ったんですが……」

「人間は、急所を決められると動けないものですよ。特に喉はやっかいだ。さらに、涼子は手首の陽谷《ようこく》をもう片方の手で、膝の犢鼻《とくび》のツボを自分の膝でおさえました。あの決め技から逃がれられる者はおそらくおりません」

坂井は認めざるを得なかった。

二度目に戦うときは、同じ手は食わないという自信があった。

それが彼のプロとしての立場だった。

しかし、一度勝負で負けたことは確かだった。そして、涼子の側にいわせると、ひとりの相手との勝負は一生に一回だけ、ということになるはずだ、と坂井は思っていた。『野見流』に試合はなく、試合うときは死合うとき――つまり、どちらかが必ず死ぬときだという覚悟で戦うのだ、とさきほど向井淳三郎が言っていた。坂井はそれを覚えていたのだった。

坂井は海潮涼子に尋ねた。

「この俺が恐ろしくはなかったですか?」

海潮涼子は、かすかにほほえんだ。花が開くような印象を与えた。

涼子のほほえみの威力は絶大だった。その場にいた男たちのほとんどは彼女に見とれていた。

彼女は言った。

「恐ろしかったですとも。あなたに限らず、誰かと戦うために向かい合ったときは、いつでも心底恐ろしいと思います」

「こいつは本物だ……」

坂井源治はうなるようにつぶやいた。

向井淳三郎は、富臣に尋ねた。

「毎日どんな稽古をしておる？」

富臣は、こたえた。

向井はうなずいて言った。

「体重を増やすことと、筋力を増やすことは決して無駄ではない。いざというとき、筋力があるほうが有利に決まっておる。あと一か月は続けなさい。午後、二時間は『野見流』の練習に割いてもらう」

「二時間でいいのですか？」

富臣が尋ねる。

「充分だ。それ以外の時間に体作りをするのだ。二時間は『野見流』の技だけに専念できる。それに、最後の一か月は、すべての練習を『野見流』の稽古に切り替える」

「わかりました」

「私が何のために東京へやってきたか、まだ教えていなかったな」

「私をコーチするためでしょう？」

「それだけではない」

「それだけではないって……。何があるんです？」

「この機会に、奥伝を伝授する」

「え……」

「心して修行しろ」

「あ……、はい」

富臣は、思わず頭を下げていた。

坂井は、思案顔をしていたが、やがて意を決したように、向井老人に言った。

「先生。お願いがあるのですが……」

「何だ？」

「われわれに、『野見流』を教えていただけませんか？」

「ほう……。格闘技の専門家が『野見流』をやりたい、と……」

「プロレスというのは、純粋にレスリングの技で成り立っているわけじゃないんです。キックもあれば、張り手もある。最近では空手技を使う者も多いし、骨法とかいう武術を取り入れている者もいます。俺は、坂井軍団に『野見流』を取り入れたいと思うのです」

「『野見流』に派手な技はありませんぞ。興行向きとは言えないのではないかな？」

「最近のプロレス・ファンは眼が肥えていましてね。本物をちゃんと見分けるんですよ。派手な技ももちろん必要ですが、もっと大切なのは本当の強さなんですよ」

「プロレスのために『野見流』を利用したいというわけですか？」

　坂井はまったく悪びれずに言った。

「そう。俺たちは、プロレスに役に立ちそうなものなら、何だって利用します」

「率直な物言いだ。そういうことでしたら、喜んでお手伝いいたしましょう」

「ありがたい……」

「では、さっそく明日から始めることにしましょう。午後一時にこちらにうかがうことにします」

　二宮はそっと富臣に尋ねた。

「『野見流』の奥伝というのは、何なのだ？」

「『かげろう』と『いかづち』……」

「何だそれは？」

「技の名前だ」

「どんな技なんだ？」

「知らない。なにせ奥伝だからな。私も見たことはない」

二宮はそれ以上尋ねようとはしなかった。


翌日、いつものようにウエイト・トレーニングを終え、坂井道場へ行くと、すでに向井淳三郎と海潮涼子が待っていた。

ふたりは『野見流』の正式な道衣を着ている。

かつて、宿禰《すくね》の角《かく》などと呼ばれていた時代には道衣などはなかった。

皆、普段着か運動着で練習をしていた。三十九代目宗家を名乗った向井淳三郎が、道衣を制定したのだ。

上は白装束だ。形は空手衣と同じだ。ただ、空手衣と違ってすそを袴のなかにたくし入れている。

袴は、細い筒袴で、運動性がいいように工夫されている。

海潮涼子は紺色の袴をはいているが、筒井淳三郎の袴は茶色だ。

茶は、古武道においても最も尊い色とされている。

向井老人の袴の色は、宗家を表しているのだ。

『野見流』では、宗家以外に茶色を身につけることはできない。

富臣は坂井とスパーリングを始めた。まず、坂井に投げられる。さんざん投げられたあとは、グランドと関節技だ。

そして、最後の二時間は、『野見流』の練習だった。

向井老人は自ら、坂井軍団のメンバーに『野見流』の基本を教えていた。

相撲の『てっぽう』のようなてのひらの突きだった。プロレスラーたちは、壁や柱に向かい、前傾姿勢で体重を乗せ、てのひらを突き出した。

スパーリングを終えた坂井源治がそれに加わる。

富臣の指導をするのは、海潮涼子の役目だった。

彼女はリングに上がった。

富臣は彼女に礼をして言った。

「よろしくお願いします」

指導者には礼を尽くさなければならない。

涼子は丁寧に礼を返してから言った。

「打ってきてください」

打つというのは、掌打を意味する。富臣は修行が進み、中伝免許をもらっている。動作がコンパクトでしかも威力がある掌打が可能だった。

富臣は、右手右足を前にしてわずかに半身になり、膝を曲げて構えた。

その状態から、前にある右手で鋭く突いた。

両足が滑るように動いた。

全身の体重が、その動作によって、右の打ちに集中したことがわかる。

前手で打つので、ボクシングのジャブか、空手の順突きのように見える。

だが、威力が違った。その打ちひとつで、フィニッシュ・ブローにもなるのだ。

富臣は、涼子の実力を知っていたので、遠慮なく攻撃をした。

『野見流』ではたいてい、顔面を攻撃する。急所の九割が顔面に集中しているといわれている。

そのときも、富臣は涼子の顔面を打ちにいった。

だが、打ちは届かなかった。

わずかだが涼子の顔まで間があった。すかさず、富臣はさらに一歩踏み込み、右、左と連続して打ち込んだ。

涼子は富臣の手をさばこうともしなかった。

動いているようにも見えない。

だが、やはり富臣の打ちは空を切っていた。さらに、富臣は、一歩進み、今度は三連打を出した。

富臣の掌打は、すでに肘《ひじ》を後方に引くような予備動作が必要のないレベルまで達している。

どの位置からでも相手に打ちつければ確実にダメージを与えられる。

自衛隊でも、掌打一発で相手を眠らせたことがあった。

だから、その三連打は、実際、眼にも止まらぬくらい早く、避けるのは不可能に思えた。

しかし、やはり涼子には当たらない。

当たらないだけではない。今度は、掌打が涼子の顔のなかをすどおりしてしまったように感じた。

影を打ったようなものだった。

そして、涼子はいつの間にか、富臣の間合いのなかに入っていた。

富臣は、はっとして退がろうとした。その瞬間に、涼子が掌打を出した。

顔面ではなく胸に打ち込む。

鈍い音がして、富臣の体が弾《はじ》き飛ばされていた。

富臣は、リングのほぼ中央からコーナーポストまで吹っ飛ばされたのだった。

背中をロープに打ちつけ、そのまま、前のめりに倒れる。

しばらくは動けなかった。

何が起こったのかわからなかった。涼子が何か特別なことをしたという感じはなかった。

『野見流』の稽古では日常的な組手だった。

しかし、中伝免許の富臣が、あっけなくやられてしまった。そして、その技がまた不思議だった。

ただ胸を打たれただけだと思った。

それなのに、まるで車にはねられたように吹っ飛んでしまった。

そして、胸に杭《くい》でも打ち込まれたような衝撃があった。

富臣は、ダメージが回復するのを待って、のろのろと立ち上がった。

自分の体を苦労して持ち上げるような感じだった。

顔を上げると、涼子が見えた。

美しい顔立ちだが、ひどく冷たく見えた。

「今、何をされたかわかりましたか？」

涼子が尋ねる。

富臣は正直にこたえた。

「いえ……。ただの掌打を胸にくらったように思えましたが……」

「あなたの打ちが、どうして私に当たらなかったのだと思います？」

富臣は、その点も不思議だった。

「間の取りかたの問題なのだと思いますが……。まったくわかりません」

不意に涼子がほほえんだ。例の花がほころびるようにあでやかな笑顔だ。

彼女は言った。

「今のが、『かげろう』と『いかづち』です」

「え……」

「奥伝は、特別なものではありません。体さばきと掌打——それの究極と考えてください」

「体さばきと掌打の究極……」

「最終的な伝授は、宗家がなさいます。私はその準備をしてさしあげるだけです。いいですね」

「はい……」

「究極の体さばきが、『かげろう』、究極の掌打が『いかづち』です。それでは、まず、基本のチェックから始めましょう」

涼子の本格的な指導が始まった。

15

さらに一か月が、驚くほど早く過ぎた。

あと、戦いまで一か月となり、トレーニングのすべてを『野見流』に切り替えた。

ウエイト・トレーニングと大食のおかげで、当初の目的だった一〇キロの増量は果たしていた。

坂井源治のアドバイスにより、筋肉の上にさらに薄い脂肪の層を作るように、トレーニングと食事を考えた。

プロレスラーの体格はたいてい、そうなっている。

脂肪はエネルギー源の保証となり、また、打撃に対するプロテクターになる。

打たれ強くタフな体を作るのだ。

『野見流』の稽古に専念するようになってから、一切の取材を締め出した。

そして、富臣の指導は涼子ではなく向井淳三郎が直接行なった。

つまり、奥伝を伝授されるということだった。

『かげろう』も『いかづち』も『野見流合気拳術』の理念の集大成だった。

小手先の技ではない。また、複雑な技でもない。

体さばきと掌打に過ぎない。

基本稽古と手法自体はまったく変わらない。しかし、それだけに難しいのだ。

『かげろう』と『いかづち』にたどり着ける者は、『野見流』のなかでも数えるほどしかいないはずだった。

これまでの一か月間、富臣は、涼子に基本の技を徹底的に矯正された。

正しい基本がなくては、『かげろう』と『いかづち』には行き着けない。

正しく基本を行ない、基本をやり尽くす。

それくらいの気持ちでないと、奥伝へは進めないのだ。

中伝までは、いわゆる高度な技がたくさんある。大技もあれば、手順が複雑な技もある。

打ち技、投げ技、固め技とさまざまだ。

だが、奥伝に進むと、それが整理されて、一打の威力というところに落ち着くのだ。

そして、決して相手の攻撃に犯されないようになっていく。

その究極が『かげろう』であり、『いかづち』なのだった。

宗家が指導するようになっても、涼子は富臣の組手の相手をつとめた。

はじめのうちは、富臣は涼子に赤児のように扱われた。

腕が違いすぎた。

しかし、一か月間、必死で稽古した結果、涼子の動きがわかり始めた。

それからは富臣も多少は手強《てごわ》くなった。

富臣がつらい稽古に励むことができたのは、神代と互角に戦いたいという気持ちがあったからだが、涼子が稽古をつけてくれたからでもあった。

実際、涼子は会うのが光栄に感じられるほどの美人だ。

年齢、出身地、宗家との関係、その他、いっさいの個人的なことは、富臣は聞いていない。

そういうことを聞き出すのがおそろしくなるほどの美人なのだ。

『野見流』の師範であり、奥伝免許を持っている——今の富臣にとってはそれだけで充分だった。


ＮＭＦは、すでに試合のロードを始めていた。

試合の最中でも、神代は記者をつかまえ、富臣の様子を知りたがった。

試合のあとの控室で神代は旧知のスポーツ新聞の記者に尋ねた。

「それで、富臣さんは、何をやってるかわかんないわけ？」

「坂井道場にこもってるからね……。坂井さんとスパーリングやってんじゃないのかね……」

「まあ、普通に考えるとそうだろうなあ……」

「そうじゃなさそうだと考えてるような口振りだ」

「そう。取材をシャットアウトしているのが気になってね……」

「珍しいことじゃないよ。異種格闘技戦ではよくあることじゃない」

「だが、坂井道場には、『野見流』の宗家がやってきている」

「じいさんだよ。特別なことができるとは思えない。格闘の世界というのは、パワー、ウエイト、スピードだよ。武術だの武道だのの小手先の技が通用する世界じゃないよ。心配ないって。プロレスが最強だ」

神代は記者の顔を見た。

にこりともせずに言った。

「そう言ってくれるのはうれしいが、その発言に裏付けがあるとは思えない。あんた、何か武道をやったこと、あるの？」

「いや……。ないが……」

「俺も空手出身だからね。あまり軽はずみなこと、言わないほうがいいよ」

神代は立ち上がり、シャワールームに消えた。


向井淳三郎は、二宮に依頼してウォーターバッグを入手した。

坂井道場のサンドバッグを外し、その代わりにウォーターバッグを吊《つ》るす。

富臣は、ひたすらそれを打ち続けていた。

向井淳三郎がその様子をじっと見つめている。

富臣がウォーターバッグを打っている間は、海潮涼子が、坂井軍団を指導していた。

坂井軍団の連中は、涼子が女性だからといって甘く見るようなことはなかった。

坂井源治が、彼女を師範として認めているのだ。

彼女の類い稀《まれ》な美貌《びぼう》も影響していた。

たいていの男は、美しい女性がそばにいるとやる気を出す。

富臣は、まだ自分は『いかづち』から程遠いところにいると感じていた。

ウォーターバッグを打つたびに、力み過ぎて、かえって威力が失われていくような気さえしていた。

ウォーターバッグは、サンドバッグの砂の代わりに水を詰めたものだ。

マイク・タイソンが使っていたことで有名だ。

人体というのは、液体の詰まった袋に近い。ウォーターバッグは、人体を打つための練習には最適なのだ。

もちろん、サンドバッグだろうが、立ち木だろうが打ちの練習はできるし、それでも充分な効果は上がる。

だが、短時間で最大の効果を考えたとき、こうした道具が役に立つのだ。

掌打は、拳そのものを鍛え破壊力をつける空手の突きとは異なる。

人体に波動を作ってやる打ちかたなのだ。

もちろん鍛えに鍛えた空手の突きはおそろしい。

板やレンガを破壊する空手の突きを、顔面やあばらにまともにくらったらひとたまりもない。

空手の突きは皮膚、筋肉、骨格を容赦なく破壊する。その破壊力が魅力なのだ。

『野見流』は理論的に別のところから出発している。

『野見流』の掌打は、皮膚や骨を破壊することはまずない。

だが、その衝撃は波動となって体内を伝わっていくので、脳や内臓に、衰えないまま作用する。

『野見流』の掌打は浸透力があるというのはそういう意味だった。

空手より優れているとか劣っているという問題ではない。

理論と体系の違いなのだ。もちろん、空手のような破壊力を持ち、『野見流』のような浸透力を持ち合わせるのが理想的なのだ。

だが、実際にはその双方を合わせ持つことは難しいし、そのためには人生は短か過ぎる。特に非凡な人は別として、どちらかに専念するのが上達の早道だ。

「何をやっとるか……」

富臣の掌打をじっと見つめていた向井淳三郎三十九代目宗家が言った。「入門間もない者でも、もうちょっとましな『打ち』を見せる」

富臣は、さらに、左右の掌打を、黙々と打ち続けた。

すでに、水をかぶったように、頭のてっぺんから汗まみれだった。

足もとにぽたぽたと汗が落ちる。

富臣は歯を食いしばり、ウォーターバッグを睨みつけて、打ち続けた。

向井老人はかぶりを振った。

「やめい」

富臣は、打つのをやめた。

ウォーターバッグのまえで、茫然《ぼうぜん》と立ち尽くす。

「何を思い迷っておる？　少しでも無駄な力が入っている限り、『いかづち』は打てない」

向井老人は厳しい口調で言った。

「はい……」

富臣はウォーターバッグを見つめたまま返事をした。

まるで、技がうまく決まらないのはウォーターバッグのせいだと考えているような態度だった。

もちろん、そんなことを考えているはずはなかった。

うまくいかないためにいら立っているのだ。

向井老人は、口調をやわらげた。

諭すように話す。

「無駄な力は、打撃の威力を妨害する。力を入れようとすればするほど威力がなくなるのだ。力むことによって、自分の筋力が自分の打撃にブレーキをかけるからだ。そして、力みは、打撃を不正確にする」

「わかっています。ですが、私の体が二メートルも吹っ飛んだあの威力……。力いっぱい打ってもあんな威力は出ないのに、力を抜いてどうしてあの威力が出せるのか納得できないのです」

「困ったものだ……。相手を吹っ飛ばすだけが『いかづち』ではない。むしろ、衝撃が相手の体内にとどまるような『いかづち』のほうがおそろしいのだ。あのとき、内臓に危険のないように、涼子はわざと突き飛ばすような『いかづち』を打ったのだ」

「私が言っているのは威力のことなのです。私には、普通の『打ち』と『いかづち』の間を埋める自信がありません」

「あせってはいかん。あせりは何も生まん。むしろ害になるだけだ。おまえの『打ち』から無駄な力が抜けないのもあせりのせいだ」

「私は一か月で『いかづち』を完成させねばならないのです。あせりもします」

向井老人は、かぶりを振った。

「なぜ一か月で完成させようなどと思う？」

「当然じゃないですか。神代誠との試合があるんです」

「技の完成とは何だ？」

「それは……」

「私だって『いかづち』を完成しているわけではない。『かげろう』も究《きわ》めているとはいえない。日一日と技は変化していく。そうでなくて、人がやる武道といえるか？」

富臣は返す言葉がなかった。

向井老人は言った。

「きのうよりきょうがよくなっている。きょうより明日はさらに技が進歩している——どうしてそうは考えないのだ？　そうやって技を練っていくのが武道の修行だろう。そして武道の修行には死ぬまで終点はないのだ」

「では、普通の『打ち』と『いかづち』はどうやって区別しているのですか？」

「効果の差だよ。本当のことをいえば、『いかづち』などと仰々しく呼ぶことはないのだ。『打ち』に変わりはないのだからな。だが、初心者、中級者の『打ち』と効果があまりに違う。それで、ある段階から極上の『打ち』を『いかづち』と呼ぶことにした」

「きのうよりきょうがいい、きょうより明日がいい……。それはわかります。では、『打ち』はどの段階から『いかづち』と呼ばれるようになるのですか？」

「理屈が多いな。技は毎日少しずつ進歩するものだ。だが、ひとつの技を正確に長い間修練していると、あるとき、急に抜けることがある」

「抜ける……？」

「それまでとはまったく違う次元になってしまうのだ。化けるといってもいい。技の進歩とはそういうものだ」

「それが完成ではないのですか？」

「とんでもない。それも道の途中に過ぎない。どの段階から『いかづち』と呼ぶかという問いには、もうひとつ別のこたえがある。そのほうが、おまえにはわかりやすいかもしれない」

「それは……？」

「『打ち』が殺し技になったときからだ」

「殺し技……」

「そうだ。『いかづち』というのは、たった一撃で相手を殺すことができるような『打ち』のことなのだ」

今さらながらに、富臣は気が引き締まる思いがした。

「さあ、これ以上は教えたくても教えることができない」

向井老人が言った。「とにかく打ち続けることだ」

富臣はまたウォーターバッグを打ち始めた。

徹底して『打ち』を練習したあと、海潮涼子との組手の練習に移る。

組手の目的は、間合いと位取りの攻防を学ぶことだった。

相手の攻撃を無力化し、自分の技を最大限に生かすために、間が何より大切になってくる。

間は生きている。

相手によっても変わるし、自分の状態でも変わる。

位取りも大切だ。

相手の技を殺し、構えを殺し、気を殺すには、位取りを学ばなくてはならない。

剣の極意は一の太刀にあるという。

つまり、迷わず、恐れず、疑わずに、振り降ろした最初の一太刀がすべてを決するのだ。

達人に二の太刀、三の太刀は必要ない。

このとき、一の太刀を生かすのは位取りだ。勝負においては、蛙《かえる》を睨む蛇でなくてはならない。

間を盗み、位取りで相手を呑《の》む。それをつきつめたのが『かげろう』だ。

これは、ある意味では『いかづち』よりもむずかしい。

勝負勘のすべてが加味されている。

間を盗むことに長《た》ければ、相手は、まるで影と戦っているような気分になるだろう。まったく動かずに睨み合っていたと思ったら、いつの間にか、自分の間合いを犯されていることに気づくのだ。

あわてて攻撃してもすでに遅い。

間を盗んだほうは攻撃を待っているのだ。すかさず強烈な合わせの技で決められる。

合わせの技とはつまりカウンターだ。

これは、涼子が実際に坂井源治を相手にやって見せたことだ。

相手の間合いに踏み込むには、よほどの度胸がいる。

それを位取りで補うのだ。

これはたいへん高度なやりとりだ。スポーツの試合とは次元が違う。

富臣はひどく難儀した。しかし、自衛隊で徹底的に実戦的な格闘術を経験している彼は、進歩が著しかった。

何よりも、立ち合いが好きだという点が幸いした。

神代に言われるまで自分では気づかずにいたのだが、富臣は確かに戦うことが好きなのだった。

野蛮なわけではない。戦うことに恐怖感はある。緊張もする。

いたずらに争うことが好きなのではない。富臣は、戦うことの恐怖や緊張を楽しむことができる稀な男なのだ。

稀ではあるが、ある種、典型的な男だ。

間の攻防に熟練することで、今まで身につけた技が嘘《うそ》のように生きてくるのを感じた。

今まで形は覚えていたが、とても実戦で使えそうにないと思っていたような複雑な技もおもしろいように決まるようになってきた。

間を盗み、位を取ることで、戦いの主導権を握ることができるからだった。

相手の攻撃に合わせて戦う段階は卒業したのだった。


二週間が過ぎた。

NMFのロードが首都圏に戻ってきた。その段階で、神代は、富臣と、試合のルールについて話し合うことにした。

神代側の出席者は、神代誠本人と中条、鬼塚の三人ということだった。

その申し入れを受けて、富臣側は、富臣本人と坂井源治、そして『野見流』宗家の向井淳三郎が話し合いに臨むことになった。

会議は都内のホテルで行なわれた。六人以外は部屋に入れなかった。報道陣はそれほど待たされなかった。会議は二時間ほどで終わった。

ルールの大筋は神代が考えていた。富臣はそれを問題なく受け入れた。坂井源治が安全上の問題点、すなわち、ロープやコーナーポストからの攻撃や、リング外での戦いを厳しく禁止するように申し入れ、神代は快く承諾した。

そして、会議の終わり近くに、向井がかなり特殊な条件を要求した。通常ならばとても受け入れられない条件だったが、神代はプロフェッショナルの誇りを懸けて、それを認めた。

向井はハンディを要求したのだ。

神代は、富臣に、一切禁じ手なしという条件で戦うことを認めたのだ。

神代は、ＮＭＦルールに従う。つまり顔面へのパンチ攻撃、急所攻撃、そして首を締めることは反則となるのだ。

戦いに生涯を懸けた者の意地だった。

16

富臣は満足な『いかづち』を体得せぬままに試合を迎えた。

『かげろう』がかなりの段階まで進んでおり、それが唯一の救いだった。

セコンドには坂井源治、向井淳三郎、海潮涼子の三人が付くことになっていた。

控室まで観客席の声が聞こえてきた。

富臣はまたしても非現実感の虜《とりこ》となっていた。

これから自分がやろうとしていることが、とても現実とは思えない。

何かの拍子に、目覚め、自分は柔らかいベッドのなかにいることに気づくのではないか
——そんな気さえした。

三か月間、必死でやってきたことが、まるで無意味に思えた。

自分はひどく無力で、神代誠が神のように全能に見えた。

会場は、かつて富臣がＮＭＦの試合を見たときと同様、後楽園ホールだった。あのとき、プロレスの迫力に心底驚いた。

まさか、自分がそのリングに立つことになるとは想像もしていなかった。

「後楽園とは縁起のいい名だ」

向井淳三郎が言う。

「そうですか？」

坂井源治が尋ねた。向井老人はうなずく。

「そう。おそらく、試合のあとは楽ができるぞ」

老人は笑って見せた。「病院のベッドの上でのことかもしれんがな」

富臣は嫌な気分になり、腹が立った。彼は神経質になっている。

向井老人はそのことをよく心得ている。宗家は故意に富臣を刺激しているようだった。

戦いのまえは、縮み上がっているより腹を立てているほうがずっといい。

やがて、セミ・ファイナルの試合開始を告げるリング・アナウンサーの声が聞こえた。

「セミ・ファイナルだ」

坂井源治がつぶやくように言った。押し出すようにしゃべる。そのために、ひとりごとのようでも、周囲の者にはよく聞こえる。「若手のころは、セミ・ファイナルすら夢のまた夢だった。つらい稽古《けいこ》に耐え、前座試合をこなし、ドサ回りを続けて、セミ・ファイナルの試合を夢見ていた」

彼はそこで、話を区切り、富臣を見た。坂井は続けた。「あんた、デビュー戦がメイン・イベントだ。こんな幸運はない」

そんな幸運など欲しくはなかった——富臣は心から思ったが、口には出さなかった。

富臣は震え始めていた。

歯の根が合わない。なぜか彼は、そういう姿を、海潮涼子にだけは見られたくない気がした。

もし、彼女がそこにいなければ、彼はうずくまって震え出したかもしれない。

ある種の女性は、男を強くする。

富臣は立ち上がり、壁際に行くと、コンクリートの壁に向かって、てのひらを突き出し始めた。

相撲《すもう》の『てっぽう』のように、体重を乗せて左右交互に突き出す掌打の基礎訓練だ。

それは次第に強くなった。

向井も、坂井も、海潮もその姿を、黙って見ていた。

富臣はその動作をやめようとしなかった。やがて彼は全身から汗をかき始めた。

最適のウォーミングアップとなった。

会場の喚声がかすかに聞こえる。そして富臣のてのひらが壁を打つ音が、響き続けた。

ゴングの音。

セミ・ファイナルが終わったのだ。

ドアをノックする音がした。ドアが開く。NMFの若手が言った。

「メイン・イベントです。準備をお願いします」

「わかった」

坂井がうなずいた。ドアが閉まる。

富臣は『てっぽう』をやめない。

やがてメイン・イベントを告げるリング・アナウンサーの声が聞こえてきた。

坂井が富臣の背中を叩《たた》いた。ようやく富臣は壁を打つのをやめた。

振り向いた富臣のボディーに、坂井は思いきりパンチを見舞った。

富臣は、一瞬うめいたが、もちろんその場に崩れ落ちるようなことはなかった。

坂井が、例の凄《すご》みのある笑顔を見せて言った。

「さあ、行くぜ、メイン・イベンター」

富臣の震えが止まっていた。

坂井がロープを押し広げた。

富臣はその間をくぐってリングに立った。彼は無意識のうちに、マットの固さやロープの張り具合を、全身で確かめていた。

リングの上というのは、現実とはまったく異なった空間だった。

観客がみな敵意を持っているように感じられる。

事実、そのとおりかもしれなかった。

ここに集まっているのは、ＮＭＦの――言い替えれば神代誠のファンなのだ。

観客は神代誠が富臣を完膚なきまでにやっつけるのを期待しているのだ。

ライトがまぶしかった。

リングの上がこれほど明るいとは思わなかった。

その明るさが富臣の非現実感を助長している。リング上だけがまばゆいくらいに明るく、それ以外の場所は暗い。

日常からぽっかりとはみ出した異世界だ。

リング・アナウンサーが、まず富臣の名を読み上げた。

富臣は二歩リング中央に寄り、頭を下げた。まばらだが拍手が起こった。

客たちは形式的に拍手をしただけなのかもしれない。だが、その拍手が富臣を勇気づけた。

富臣はガウンを脱いだ。

上半身は裸だった。光沢のある真紅のロングパンツをはいている。

アメリカのマーシャル・アーツの選手たちが着るコスチュームと同じだった。

坂井が手配したのだった。

神代がコールされ、礼をしてガウンを脱ぐ。

神代はいつもの黒のショートタイツだ。シンガードを兼ねたキックブーツをはいている。

富臣は裸足だ。

神代は富臣の恰好《かっこう》を見て驚いたようだった。彼は、富臣が『野見流』の道衣で登場するものと想像していたのかもしれない。

ＮＭＦのオットーがかたくなに空手衣にこだわり続けるのを神代は知っている。

だが、富臣はそのオットーの試合を見て学んだのだった。

プロレスラーを相手にしたとき、着衣はたいへん危険だということを知ったのだ。

プロフェッショナルならば自分のスタイルにこだわるべきだろう。

しかし、富臣は、この試合がすべてなのだ。危険は極力少なくしておくべきだった。

神代が驚いたのは富臣のリング・コスチュームだけではなかった。

たくましく発達した全身の筋肉に気づいたのだ。

しかも、その筋肉の上に、薄い脂肪の層がついている。格闘技専門家の体つきになっているのだ。

レフェリーがふたりをリング中央に呼びルールの確認を行なった。

神代は習慣どおり、その間、じっと富臣の眼を見つめていた。

富臣は、神代と眼を合わさなかった。

向井淳三郎に教わった兵法のひとつだった。睨《にら》み合って気合い負けするくらいだったら眼をそらしておけと向井老人は言った。

ただし、下にそらすのではなく、上にそらすのだ。

五行の理だ。水は火に剋《か》つ。相手が火のように燃えているのなら、こちらは水のように冷えたふりをするのだ。

セコンドがリングを降りる。
神代と富臣はそれぞれのコーナーでゴングを待つ。
ゴングが鳴った。
富臣は崖《がけ》の下へ突き落とされたような気分になった。
それまで背を向けていた神代が、勢いよく振り向き身構えた。
じりじりと近寄ってくる。きわめて厳しい表情をしている。非情な顔だ。
彼に油断の様子はない。
神代は圧倒的な迫力だった。
富臣は、神代の体が自分の倍以上の大きさであるかのように感じていた。
心からの恐怖を覚えた。
神代はじりじりと迫ってくる。富臣は我を忘れていた。
神代が詰める分だけ富臣は退がった。そこには策も読みも何もない。
素人の喧嘩《けんか》のようだった。
「退がるな！　頭を使え！」
リングの下から坂井が大声で言っていた。

その声は富臣に届いていた。しかし、富臣にはその意味が理解できていないのだ。

「ばっかやろう……。雰囲気に呑《の》まれちまいやがって……」

坂井がうめくように言った。

向井老人がそれにこたえて言った。

「戦いをすべて忘れている。あれでは虎《とら》に狙《ねら》われた野ウサギだ。『野見流』も何もあったものではない」

「相手に合わせて退がっててどうすんだよ!」

坂井がまたリング上に向かって怒鳴った。

「無駄だ。何を言っても聞こえまい」

「何とかできないんですか?」

「無駄だよ。本人が我に返るまでな……。だが、それを神代誠が待ってくれるとは思えん」

「じゃ……」

「このままだと、1ラウンド、もたんな」

「ちっくしょう……」

坂井はリング上を見た。「この三か月はいったい何だったんだ」

富臣は、背中に何か触れるのを感じた。

固く不快だった。それはロープだった。

富臣は驚いた。退がっているという自覚がなかったのだ。

いつの間にかロープ際に追いつめられていた。彼はすっかりうろたえてしまった。

正面から神代が迫ってくる。神代の体が、視界のすべてに広がっているようだった。

富臣は叫び出しそうになった。

あわてて、横へ逃げようとする。ロープづたいにばたばたと移動した。

神代は黙って富臣を逃がした。

つかまえようと思えば簡単につかまえられたはずだ。

しかし、神代は手を出さなかった。

「神代のやつ、余裕を見せてやがるのか……」

坂井が口惜《くや》しそうに言った。

向井老人がリング上を見つめたまま、首を横に振る。

「いや……。警戒しているのだ。うかつに手を出して墓穴を掘らぬようにな……。一流の兵法家だ。それに比べ竜彦はど素人だ」
神代はまたじりじりと間を詰める。
観客席から野次が飛び始める。
富臣が逃げ回っているために試合にならないような印象だった。
富臣は、自分が何をしているのかわからないくらい、すっかりと舞い上がっていた。
神代はあくまでも冷静に距離を詰めてくる。富臣の恐怖は限界まできていた。
彼は度を失った。山中で蛇《へび》を食わされそうになったNMFの若手選手と同じだった。
富臣は、何ごとかわめきながら『打ち』を出していた。
モーションが大きく、まったく不完全な打ちかただった。
街中の喧嘩でも当たらないような『打ち』だった。
神代は難なくそれをかわした。
富臣は、上段の回し蹴《げ》りを出した。
神代はその回し蹴りをブロックする。
富臣は、自分が何をやろうとしているのかをまったく理解していない。
上段回し蹴りなどを神代に対して出すというのはその証拠だ。

『野見流』には上段への回し蹴りなどない。上段を蹴るというのはキックボクシングの影響でしかなく、日本の武道の理念には相容れない部分が多い。

フルコンタクト系空手で受け入れられたのは、顔面を素手で攻撃できないというルールのためだ。

殴れなければ、蹴るしかないのだ。

フルコンタクト系空手のテクニックはプロレスに流れ込んだ。

キックはその代表的な例だ。

つまり、上段回し蹴りは富臣の技ではなく、神代の技なのだ。神代を蹴ったところで通じるわけはない。

神代は、初めて動いた。

上段回し蹴りを返したのだ。

富臣はあわてて、両手で頭部をかばった。ヘビー級のハイキックが炸裂《さくれつ》する。

すさまじいショックが富臣を襲い、一瞬、視界のなかが白い光に包まれた。

すぐそばで何かが爆発したような感じだった。

ブロックした腕の上から蹴られたのだが、ブロックなど何の役にも立たない。

ロープまで吹っ飛んだ。立っていたのが不思議なくらいだった。

大きな衝撃が残っていた。物理的にもそうだが、特に心理的なショックが大きい。

ロープにぶつかった富臣は、その反動で弾《はじ》き飛ばされた。

坂井とロープの話をしたことなど、そのときは思い出せない。

ロープの反動でよろよろとまえに出た富臣を、再び神代のキックが襲った。

中段へのキックだった。

蹴りは高くないほど、エネルギーが失われない。

ハイキックより中段の回し蹴りのほうが強烈なのだ。

富臣は、鍛え上げた腹筋をその上に乗せた脂肪の層で、何とか内臓破裂をまぬがれていた。

だがダメージは大きかった。

富臣は、ミドルキックによって逆サイドのロープまで振られていた。

腹のなかでダメージが暴れていた。

息がうまくつけない。

富臣はロープにもたれてあえいでいた。神代は、容赦なくたたみかけてきた。

彼は富臣の首を取ると投げた。

頭に神代の手が触れたと思ったら、次の瞬間、背をマットに叩きつけられていた。すばらしいスピードと切れだ。受け身など取れるものではない。

背中を打ちつけたために、富臣はまた息ができなくなった。

そのダメージに苦しんでいると、左足に激痛が走った。

富臣は思わず声を上げていた。

苦しみと痛《いた》みが波状攻撃をかけてくる。苦痛にとぎれがない。

富臣はひどくうんざりした気分になり、パニックを起こしかけていた。

見ると、神代は富臣のアキレス腱《けん》を固めていた。

プロのアキレス腱固めは半端ではなかった。富臣は、あわててロープに手を伸ばした。届かない。

もうギブアップするしか苦痛から逃がれる道はなかった。

もういい。ギブアップしよう。所詮《しょせん》、素人とプロレスラーでは試合にならなかったのだ
――富臣は自分で自分を慰め始めていた。

そのとき、坂井の顔が視界に入った。彼はしきりに何かをわめいている。

富臣はその言葉を理解しようとした。

「もがけ。動いて、ロープに逃げろ！　最後まであきらめるな！」

そのとなりに向井老人の厳しい顔があった。そして、そのとなりに――。

富臣は、海潮涼子のきりりとひきしまった顔を見た。眼が合った。

海潮涼子の口が動いた。

「勝って」という動きに見えた。

不思議なことに力が湧《わ》き上がってきた。

富臣は、自由なほうの足を振った。どうやって振ったのかは覚えていない。まったく不恰好だったかもしれない。

だが、その抵抗でアキレス腱固めがゆるんだ。踵《かかと》が神代の顔面に当たったのだ。

その隙《すき》に上体を移動させロープをつかんだ。

レフェリーは、ブレイクを命じた。

富臣は立ち上がったが、左足がひどく痛んだ。

神代も立ち上がる。

富臣は、自然に半身となった。右足がまえになっている。膝《ひざ》をやや曲げた。

左足の痛みは、熱感に変わりつつあった。ダメージが去っていくのだ。腱や筋肉は損傷していないようだ。

富臣は一度ギブアップしかけた。つまり、一度死にかけたのだ。

今は別人のように落ち着いていた。

ついに彼は、ぎりぎりのところで、自分を取り戻したのだった。

神代が寄ろうとした。

富臣は、まったく体勢を変えず、わずかに、つ、と退がった。

逃げて退がったのではない。間をはかったのだ。

さきほどの退がりかたとはまったく違っていた。

神代は、何かに気づいた。富臣は確かに変わった。神代は、また慎重になった。

ふたりはリング中央で対峙《たいじ》した。

そこでゴングが鳴った。第1ラウンドの終了だった。

コーナーに帰ってきた富臣は、坂井に言った。

「みっともないところを見せたようだな」

「まったくいらいらさせるぜ。こっちはそろそろ血圧を気にする年なんだ」

坂井が言う。続いて向井が言った。

「もう少しで帰るところだったわい」

「もうだいじょうぶですよ」

涼子が言う。

「間合いを忘れないでね」

「わかっています」

富臣は、彼女に礼を言いたい気分だった。

セコンドアウトのブザーが鳴る。三人はリングを降りた。

第2ラウンド開始のゴングが鳴った。

富臣は、落ち着いて歩み出た。『野見流』の構えを取る。

いきなり神代は高々とジャンプした。

高角度のドロップキックだった。

17

神代は不意を狙《ねら》ったのだ。

彼は第2ラウンドで仕掛けてきたのだ。

第1ラウンドは様子を見て、第2ラウンドで自分のペースに持っていく――試合運びの定石だ。

だが富臣は、不意うちをくらわなかった。

神代のドロップキックは空を切った。

神代は自分の両足が、富臣の体のなかをすどおりしてしまったように感じていた。

ドロップキックは、捨て身の蹴りだ。かわされると、まったく無防備にマットに倒れる形になる。

倒れた瞬間、富臣は、神代の頭を踏み降ろそうとした。彼は踵で踏みつけた。

神代はすばらしい反射神経を披露した。

彼は咄嗟《とっさ》に、胎児のような姿勢になり、その勢いで頭をそらした。

富臣はマットを踏みつける形になった。そのとき、マットがすさまじい音を上げた。それくらいに勢いよく踏みつけていたのだ。

もし、神代の頭がそこに残っていたら、頭蓋骨《ずがいこつ》を踏み砕かれていたに違いない。

神代は立ち上がり、そのことを思って一瞬背筋が寒くなった。

だが次の瞬間に血が熱くなるのを感じた。

富臣は、第1ラウンドとは変わった。まるで別人だった。

落ち着いているし、充分に残忍だ。

そして、ドロップキックのとき——と、神代は思った。

——いったい何が起きたのかわからないが、とにかく、やつは、かわした——。

富臣は、今の踏み降ろしで、自分の立場はかなりもち直したはずだと思った。

残忍な相手は誰でもいやなものだ。

そして、戦いはたいてい残忍になりきったほうが勝つ。

富臣は、気を充実させ、神代を押していった。気当たりという。

位取りのためには不可欠の要素だ。

そうして、足の指を、尺取り虫のように動かし、じりじりと間を詰めた。

神代が、さっとフェイントで前へ出る。富臣は、反射的に退がる。

だが、退がると見せて、実は足を入れ替えただけで、ほとんど退がってはいなかった。

その分、上体だけを引いている。

神代はそれにだまされた。さらに一歩出ようとする。

その瞬間に富臣は、床を踏み、体重を前方へ移動させた。

体のうねりを利用して左の掌打を出す。見事に神代の顔面をとらえた。

すかさず、右の掌打を出す。二発目も当たった。

神代はあわてて退がった。そのとき、足がもつれて膝をついた。

「ダウンだ！」

坂井がリング下から叫んだ。「カウントを取れ」

レフェリーは、毅然《きぜん》としていた。耳を貸さない。まさか、てのひらで二発顔面を打たれただけでダウンするはずはないと思っているのだ。

神代も急に足がもつれた理由が、富臣の掌打だとは思っていない。

そのとき、向井老人の声が聞こえた。

「このラウンドしかない。このラウンドで決められなければ、この試合、おまえの負けだ」

富臣にはその言葉の意味がわかった。

神代は、まだ『野見流』の掌打の威力に気づいていない。

ドロップキックをかわしたときに見せた『かげろう』にも気づいていない。

だが相手はプロだ。長びけばやがて気がつくだろう。

そして、セコンドには骨法使いの中条がいる。ラウンドが終わったら、掌打についてのアドバイスをするかもしれなかった。骨法も掌打を多用するのだ。

富臣は勝負に出た。

といっても、手を出すわけではない。『かげろう』を使い始めたのだ。

絶えず間合いの攻防を続ける。上体はまったく動かない。

一寸ほどの前後を繰り返す。出ては退がり、退がっては出る。その間、相手を気で圧倒している。

そして、いつしか、相手の間合いを破っていくのだ。

相手が来なければこちらから攻撃すればいい。

神代は、本能的に危険を感じ取ったのか、後方に退がり始めた。

さらに富臣は間合いをじりじりと詰める。

神代がキックを出した。

だがそのときには、富臣は掌打を神代の顔面に見舞っていた。

高度な勝負の一瞬だった。

だが、それで終わりではなかった。

神代は顔面に掌打をくらいながらも、その手を取りにいったのだ。

富臣は手首をつかまれるのを感じた。その手をぐいと引き寄せられる。

もう片方の腕が胴体に巻きつけられるのを感じた。

そのまま、富臣の体は空中に弧を描いた。頭からマットに叩きつけられそうになる。

胴体と腕を持った変形のフロント・スープレックスだった。

体勢が充分でなかったので、富臣は頭を打たずにすんだ。しかし肩口から背にかけてをしたたか打ちつけ、動けなかった。

神代はホールドにきた。片膝をかかえた完全なフォールの体勢だ。

カウントが入る。

「ロープだ！」

坂井の声。

富臣は、半ば朦朧《もうろう》として、手を伸ばした。ロープがあった。

カウント2でブレイクになった。

神代は立ち上がった。しかし、富臣はスープレックスのダメージのため起き上がれずにいた。

それほどスープレックス――反り投げというのは強烈なのだ。

今度は、神代が倒れている富臣の頭に攻撃した。膝を落としたのだ。

ひどいショックがきて、富臣は意識を失いそうになった。

さらに一発、膝がきた。

富臣はそれをギリギリでかわした。ロープに手をかけ、自分の体を引きずり上げるように立ち上がった。

視界のすみに神代がいた。

神代がハイキックのモーションに入っていた。

それを見た瞬間から、富臣はスローモーションの世界に入ったようになった。いっさいの音が遠のく。

富臣は無意識のうちに『かげろう』を使っていた。逃げずに、蹴りのインパクトの内側へ滑るように入り込んだのだ。

それだけで神代の体勢は崩れた。まだ、蹴りのモーションの途中だ。片足はまだマットに降りていない。

富臣は、がらあきの神代の胸を見た。

そこに、ごく自然に掌打を見舞った。

出したというより出たという感じだった。

手に打ったときの衝撃がそれほど伝わってこなかった。手ごたえがないので外したか、と思ったほどだった。

神代の体が消えていた。

気がつくと、神代はコーナーポストのところで尻《しり》もちをつくようにもたれていた。

それから、立とうともがき、前のめりに倒れた。さらに、マットの上でもがき続ける。

富臣は茫然《ぼうぜん》としていた。

なぜ神代が苦しんでいるのかわからない。また、試合は今どういう状態なのかすらよくわからなかった。

レフェリーが手を上下する動作が見えた。そして、レフェリーの「テン！」という声が聞こえた。

坂井がリングに駆け昇ってきた。

坂井は富臣に抱きついた。

海潮涼子も抱きついた。彼女がこれほど感情を露《あら》わにするのを、初めて見たな、と富臣はぼんやり考えていた。

「たった一撃で、あの神代を二メートルも吹っ飛ばしやがった！」

坂井がそう言っていた。

「神代を……？」

富臣は頭が働かず、いらいらしていた。

「そうだ」

向井老人が言った。「見事な『いかづち』だった」

「『いかづち』……」

富臣の視界が徐々に狭くなっていった。

そして、やがて闇《やみ》に閉ざされた。

彼は気を失っていた。

18

「私は出雲《いずも》へ帰るが、涼子は東京に残る」

ＮＡＣで開かれた祝勝会の最中に、向井老人は富臣に言った。

「海潮師範が……」

「おまえは、涼子とともに力を合わせて『野見流』の東京支部を作らねばならん」

「ふたりで……」

「そのつもりで彼女を連れてきた」

「あの……」

富臣は尋ねた。「それは、つまり、いっしょになれという意味ですか？」

向井老人は富臣の顔を見た。

「ばかもの。誰もそんなことは言っておらん。『野見流』の話をしているのだ」

「……そうでしょうね」

「そういうことは、今後の、おまえの腕次第だ」

「腕？　『野見流』の？」

「まったく、何を言っておるのだ」


ＮＭＦではシリーズが終わり、休養の後にまた合宿を組んだ。

その際に、また山ごもりを行なった。定例化させる考えのようだった。

前回と同じメンバーで山を歩いた。

もちろんインストラクターは富臣だった。

山を歩きながら、神代が富臣に言っていた。

「なあ、富臣さん」

「何です？」

「ＮＭＦに入りなよ」

「冗談じゃないですよ」

「あんたならやれるよ」

「やる気なんかないです」

「じゃあ、せめて、再試合だけでも……」

「『野見流』は同じ人とは二度戦わないのです」

「プロレスならいいだろ?」

「だめです」

「なあ、富臣さん……」

「しつこいなあ……」

初刊本解説

獣神サンダーライガー

誰が最も強いのか？　どの格闘技が最強なのか？　これはたぶん格闘技ファンの誰もが考えることだと思う。本書『闘魂パンテオン』も、プロレス対古武道という形で、異種格闘技戦をテーマに据えている。これは僕の考えと一致するところではあるが、本来ルールの違うものを同じ次元では比較できない。たとえば作中の、

〈たぶん、山のなかでゲリラ戦をやる限り、あなたに勝ち目はない〉

というくだり。これはまさしくその通りだと思う。リングの上では無敵のプロレスラーも、山林の中ではサバイバル・インストラクターにかないっこない。つまり、どの格闘技が最強か？　ではなく、要は本人のレベルだということを言っているのだと思う。

本書の主役は、元陸上自衛隊のエリートで、今はサバイバル・インストラクターの富臣竜彦。彼は同時に「野見流合気拳術」という古武道の使い手でもある。やがて彼は、ひょ

んなことから新興プロレス団体・NMFの代表、神代誠と戦うことを余儀なくされる。ここに〈プロレス対野見流〉という図式が成り立つのだが、富臣は多くの格闘家の助言を得、最後には神代を敗り去ってしまう。

僕もそうだが、本書を手にしたプロレスファンならこの結末にカチンとくる人も多いだろう。僕自身、プロフェッショナルとして考えれば、「見せる」という部分を含め、プロレスこそ一番の格闘技だと思う。しかし、このストーリーを追っていくと、不思議に悔しさは残らない。いやむしろ、「ああ、こういうこともありうるな」というのが正直な感想である。この手の小説が数多く出ているなかで、なぜ本書『闘魂パンテオン』は、プロレスが負けたにもかかわらず、爽快感すら覚えてしまうのか——。

最たる理由は、このストーリーが決して絵空事ではないからだと思う。綿密な取材をもとに、実にディテールが細かく、説得力を持っている。始めに出てくるサバイバルの部分、プロレス団体の現状、主人公が使いこなす古武道の部分……いずれも、なぜここまで詳しいのかと思うほどの描写である。聞けば、著者は空手や棒術、はては整体術まで会得した武道の実践家であるとか。そこまでの実体験が、この小説を比類なき本格格闘技小説に仕上げていると思う。

まず、サバイバルの部分である。僕はサバイバルを体験したことはないけれども、うなずける部分は多い。たとえば、野ウサギをつかまえ、逆さに吊るして血を抜く場面では、〈本来のサバイバルならば血は決して無駄にしてはいけない。血はビタミン、ミネラル、タンパク質、そして塩分の宝庫で、完全食だ〉

とあるが、これはまさしくその通りである。他にも夜の闇の本当の怖さや、ヘビに動揺するレスラーの存在といったあたりも、大いに納得しながら読むことができた。

また、いくつかのプロレス団体に関する描写にも驚かされた。〈小人数の団体では、選手同士が何度も顔を合わせるために、互いの手の内を知りつくしてしまい、次第に煮詰まってきてしまう〉

これは現在のプロレス界、十五とも十六ともいわれる多団体時代が抱えている。もっとも切実な問題である。弱小団体はいうに及ばず、マット界一の陣容を誇るわが「新日本プロレス」でさえ、こうした問題は危機感を持ってとらえている。今年に入ってから、天龍源一郎選手率いる「WAR」と提携しているのも、こうした問題とは無関係ではないと思う。実際、前田日明選手率いる「リングス」は——おそらくこのNMFという団体のモデルになっていると思うが——世界中のあらゆる格闘家を呼んで試合をやり、煮詰まらないようにしている。そういう意味でもドキリとさせられた。

僕がもっとも興味を持ったのは、主人公・富臣が使う「野見流合気拳術」についての記述である。僕自身、堀辺正史師範のもとに指導を受けて六年経つが、これはまさしく「骨法」そのものだ。たとえば、いまやプロレスでもポピュラーになりつつある〈掌打《しょうだ》〉と呼ばれる技だが――。

〈『野見流』の掌打は空手の掌底打ちとはちょっと違います。現代の相撲の突っ張りや張り手とも少しばかり違います。第一の特徴はてのひらを柔らかくして、相手の顔を包むように打つということです。さらに、当たる瞬間に、必ず顔がどちらかに振られるように角度をつけます〉

これは僕が教わったこととまったく一致している。こぶしに力を入れると筋肉が収縮してしまう。むしろ、しなりやうねり――骨法では「舞」と呼んでいるが――を利用して打ったほうが、相手の脳にまで深く響き打ち方となりうるのである。

同じことは、女性の格闘家・海潮涼子の登場においてもいえる。彼女はプロレス団体の長である坂井源治を一瞬にして倒してしまうのだが、いくら奥義を伝授された達人とはいえ、現実には女性が大の男を負かすとは考えにくい。ただ、比較論としては非常にわかりやすいと思う。僕が習う骨法の指導員でも、僕より三十キロも体重の少ない方がいる。その方に簡単にあしらわれることもあるが、大事なのは「体さばき」であるということなのだ。決して力だけじゃない、それを理解させるために女性を出した着眼点は素晴らしいと思う。と同時に、冒頭のサバイバルの部分と合わせて、この女性格闘家の登場が、本書を起伏に富んだストーリーとさせる効果を生みだしている。これが格闘技の話ばかりだと、張りつめてしまっていただろう。

僕もよく遠征先のホテルで本を読む。特に松本清張や夏目漱石、椎名誠氏の書いたものが好きだ。新日本プロレスには、馳浩選手という、物書きとしても一流の方がいらっしゃるが、よく読書の話をする。本書はあっという間に読み切ったのだが、始めにもいった、場面場面の説得力が次のページへ、次のページへと急がせたような気がする。

さて、最後に獣神サンダーライガーの異種格闘技観について。はっきりいうと、僕は「どちらかを倒す」だけの異種格闘技には興味はない。プロレスとは、観客をハラハラさせ、ドキドキさせ、いい意味で笑ってもらったり怒ってもらったり、そのすべてを表現できるものだと思う。また、〈サンダーライガー〉としての部分《イメージ》も崩したくない。そういう意味でも、観客の前ではやりたくない。もしどうしてもといわれれば、客のいない道場で、一対一でやろうと言うだろう。

結局、本書の最たるテーマも、

〈男は戦いたくなくても、戦わなきゃいけない時がくるんだよ。その時、キミらはどうする?〉

という問いかけじゃないかと思う。富臣のように受けてたつのか、それともあなたは――?

一九九三年五月

この作品は1993年6月徳間文庫として刊行された『闘魂パンテオン』を改題しました。なお、本作品はフィクションであり実在の個人・団体などとは一切関係がありません。

徳間文庫

ドリームマッチ

2012年2月15日 初刷

著者 今《こん》野《の》 敏《びん》
発行者 岩渕 徹
発行所 東京都港区芝大門二―二―二〒105―8055
株式会社 徳間書店
電話 編集〇三(五四〇三)四三五〇
販売〇四八(四五一)五九六〇
振替 〇〇一四〇―〇―四四三九二
印刷 株式会社 廣済堂
製本 株式会社宮本製本所

ISBN978-4-19-893502-3 (乱丁、落丁本はお取りかえいたします)